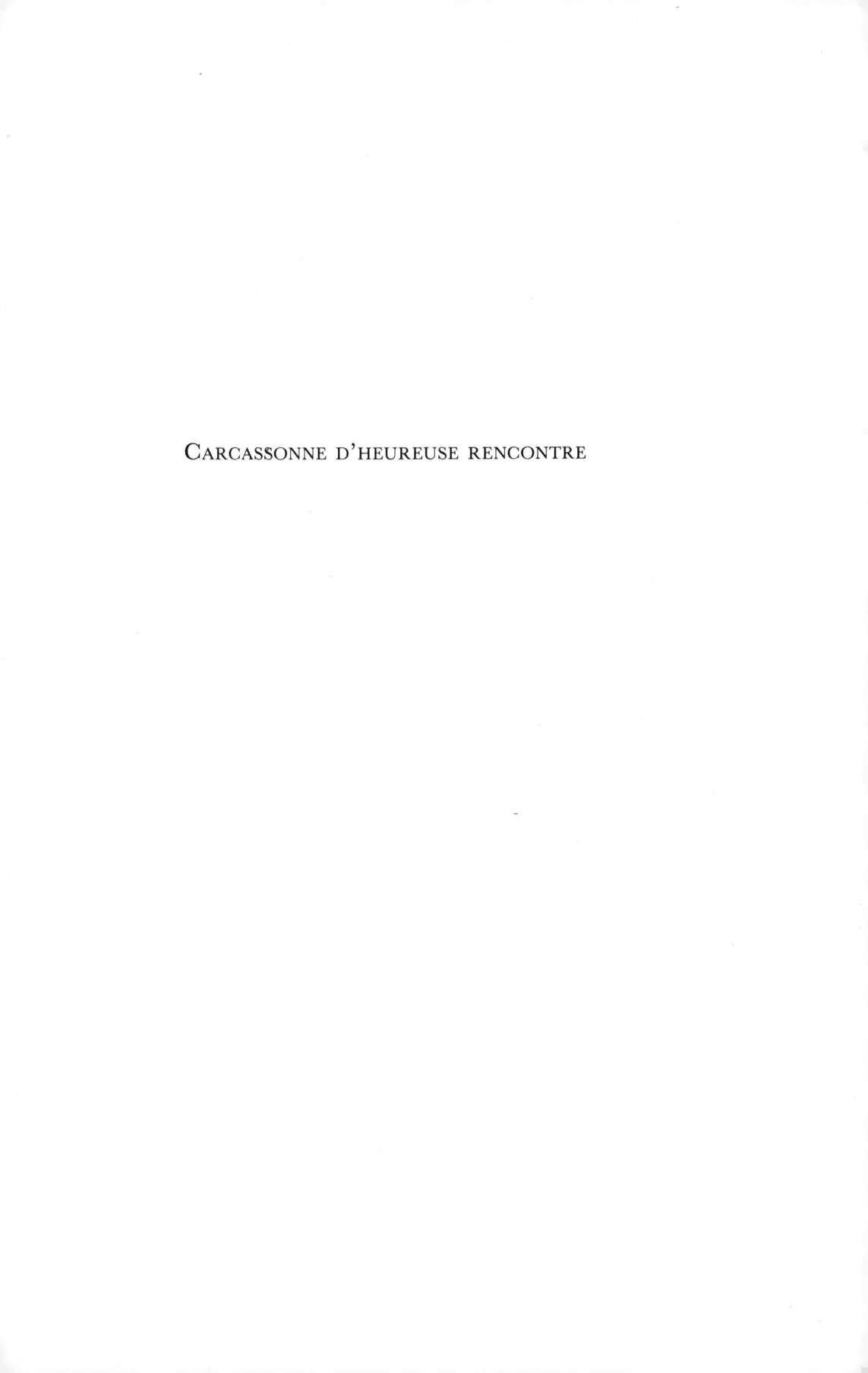

CARCASSONNE D'HEUREUSE RENCONTRE

René NELLI
Henri ALAUX

CARCASSONNE D'HEUREUSE RENCONTRE

ÉDISUD
La Calade, 13090 Aix-en-Provence

ISBN 2-85744-072-3

© Charly-Yves CHAUDOREILLE-ÉDISUD, Aix-en-Provence 1980.
Tous droits de reproduction et adaptation réservés pour tous pays.

A LA MÉMOIRE
DE GUSTAVE MOT,
ARCHÉOLOGUE ET
HISTORIEN DE CARCASSONNE,
R. N.

INTRODUCTION

Ce nom de Carcassonne, que les Parisiens trouvent parfois un peu ridicule, serait plutôt fabuleux, anachronique ou intemporel : on lui a cherché une origine ibérique, celtique ou même pré-indo-européenne, mais nul ne sait ce qu'il signifie. Il existe bien une ville de Carcassen, en Espagne, un hameau de Carcassès, dans l'Aude, à La Roque de Fa, et une foule de toponymes analogues, dans toutes les langues, mais cela ne prouve pas grand-chose.

Les érudits du XVIᵉ siècle qui, en cette matière, ne croyaient qu'aux légendes, préféraient la poésie à la linguistique. On sent bien que le vieil historien de Carcassonne, Guillaume Besse, regrette de ne plus pouvoir, en 1650, ajouter foi aux merveilles onomastiques et assez contradictoires dont se pare le berceau de sa ville natale. Il n'admet plus que Carcassonne doive sa fondation à l'un des eunuques de la reine Esther, nommé Carcas, ni que ce Carcas ait été un géant ; en vérité, ajoute-t-il, la ville fut bâtie par les Atacins ou habitants des bords de l'Aude. «Cette rivière avait pris le nom d'Atax de celui d'un oiseau à quatre pieds qui a les jambes de derrière plus longues que celles du devant et dont il est fait mention dans le *Lévitique*. Les Atacins donnèrent à leur ville le nom même de la rivière : ce fut le bourg d'Atax que maintenant nous appelons Carcassonne et qui, pour être la première place que les Atacins bâtirent en ce pays, n'eut un bien long temps autre nom que celui du fleuve sur lequel elle est assise.»

Mais pourquoi la ville a-t-elle changé de nom ? C'est très simple. Énée était venu en Gaule pour conduire une colonie de Troyens. Une partie de cette colonie s'arrêta chez les Atacins. Énée aurait alors consacré la place d'Atax à Apollon. Or, cette divinité lui aurait fourni un grand nombre de dards et de javelots au cours d'une guerre ; en suite de quoi le Troyen aurait surnommé la ville *Carcasso Anchisae,* c'est-à-dire « le carquois d'Anchise ». Sur la foi de vieux manuscrits illisibles que l'on conservait en ce temps-là dans les archives de la Cité, la vanité locale n'imaginait pas, au XVIᵉ siècle, que les Carcassonnais pussent avoir d'autres ancêtres que les Juifs, les Romains, les Troyens ou Phéniciens (considérés comme de proches parents des Troyens). Mais quoi ! Mistral, ne soutiendra-t-il pas, en plein XIXᵉ siècle, que « Carcassonne » était le même mot que le gréco-phénicien Karchedon (Carthage) et que les Phéniciens avaient bien pu, avant l'arrivée des Romains, remonter le cours de l'Aude sur leurs vaisseaux légers jusqu'au site actuel de la ville ?

Pour les Carcassonnais, dont je suis, qui ont eu la chance, à treize ou quatorze ans, de pouvoir vivre dans la familiarité des personnages de légende qui transparaissaient, en habits fastueux du XIVᵉ siècle, sur les vitraux de Saint-Nazaire et s'animaient dans les récits de nos vieux historiens locaux, ce sont toujours les soleils invraisemblables de la Bible et de l'Énéide qui dorent les pierres de la Cité. Rappelons cependant pour les esprits sérieux que son nom historique ne paraît dans l'antiquité gréco-romaine que sous la forme relativement invariable de *Carcaso, Carcassio, Carcasum, Carcasona.* Dans le *Pro Fonteio,* de Cicéron, il est question, il est vrai, d'une localité qui paraît bien correspondre à Carcassonne et qui, pourtant, ne porte pas ce nom, mais celui de *Vulchalone* (ou *Vulchasone*). C'était un bourg où les commerçants devaient payer un droit de péage de deux deniers et un victoria par amphore de vin qu'ils exportaient hors de la *Provincia.* Comme le scribe a déformé horriblement tous les toponymes figurant dans le passage, il est permis de conjecturer que, s'embrouillant dans la cascade des CHAR(UM), CAR, CA - rejetés à la fin d'une ligne et au début de l'autre dans le manuscrit - il a contracté en ce monstre incompréhensible les mots parfaitement

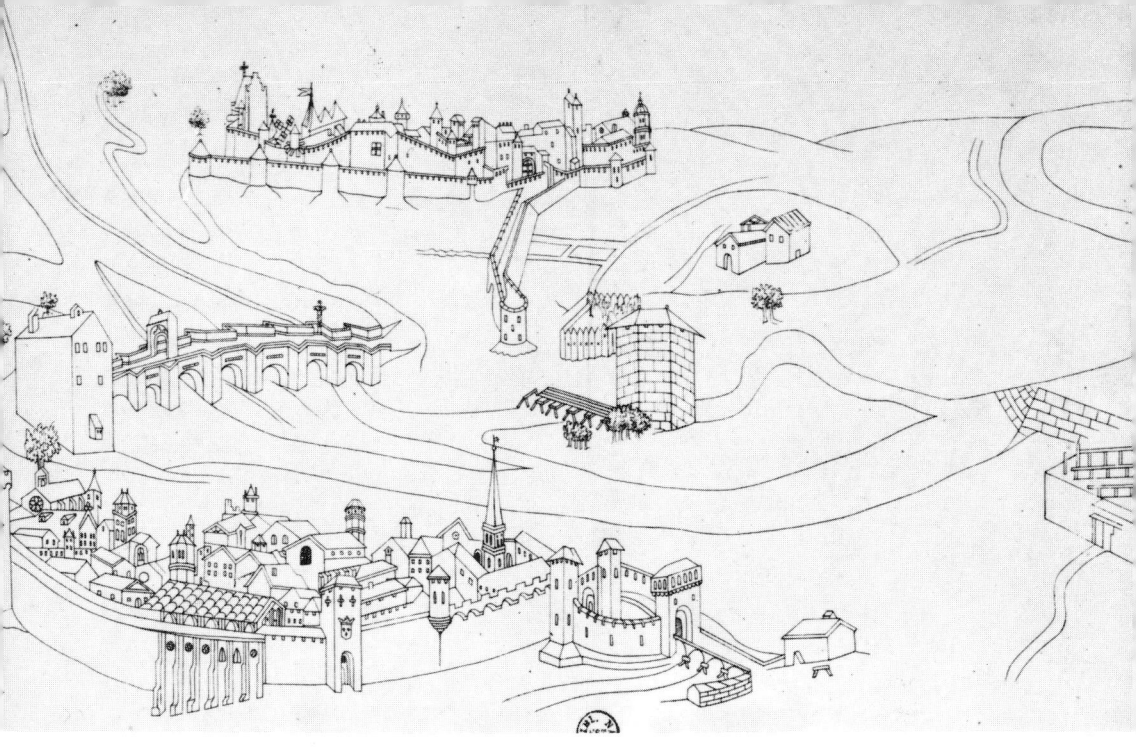

VUE CAVALIERE DE LA VILLE BASSE et de la Cité en 1462. Coll. Bibliothèque nationale

CARCASSONNE AU XIXème SIECLE (avant 1850). Au premier plan le canal des deux mers après sa rectification (1810) et le nouveau quartier "des transports", auberges, bâtiments du canal, entrepôts et lieux de plaisirs. Coll. H. Alaux.

clairs de VULCHARUM CARCASONE (la Carcassonne des Volques, de Pline).

En 16-13 avant Jésus-Christ, lorsqu'Auguste procéda à la création de nombreuses colonies latines, Carcaso devint la *colonia Julia Carcaso,* dont les citoyens étaient inscrits dans la tribu VOLTINIA. Le territoire de la *civitas,* prélevé sur celui de Narbonne, s'étendait, du nord au sud, de la Montagne-Noire, où se trouvait l'un des centres miniers et métallurgiques les plus importants du monde romain : celui des Martys (Aude), jusqu'au Pays de Sault et au Pagus de Rennes-les-Bains ; et de l'ouest à l'est, depuis Hebromagus (Bram) jusqu'aux environs de Moux.

Depuis cette époque, le toponyme (Carcaso, Carcasona à l'époque wisigothique) a peu varié : Carcassona, prononcé Carcassouno en occitan. Et la Cité est toujours la *Ciutat* (civitatem), employé généralement sans article : «M'en vau à Ciutat», je vais à la Cité.

Tout le monde sait qu'il existe deux Carcassonne : la Cité et la ville-basse. L'une est dans la légende, l'autre dans le département de l'Aude (et un peu aussi dans l'histoire) : il n'y a que le fleuve qui les sépare. Sur le Pont-Vieux un arc en pierre formait autrefois la limite des deux communautés et c'est là qu'étaient signés les traités de paix ou accords entre les deux consulats, quand ils étaient las de se battre. Comme cette arcade n'était qu'à 80 mètres de la culée placée du côté de la ville-basse, et au milieu des troisièmes avant-bec et arrière-bec, en comptant à partir de ce même côté, la Cité était avantagée territorialement au détriment de la ville-basse. La Cité manifestait ainsi la suprématie qu'elle s'était arrogée sur toutes les communes du diocèse et notamment sur le Bourg-neuf.

Quand Viollet-le-Duc restaura la Cité, il couvrit les toits pointus de ses toits en ardoises bleues comme le ciel d'orage, au grand désespoir des Carcassonnais qui eussent préféré des tuiles romaines. Aujourd'hui, l'architecture a changé d'humeur et les a revêtus de plaques couleur d'orange qui ne sont ni tuiles, ni ardoises, ne répondent ni à l'Histoire ni à la vérité archéologique, mais s'accordent avec le paysage et, si l'on veut, avec la chaude lumière des étés de légende.

Il est recommandé d'admirer d'abord la Cité d'un peu loin. Alain-Fournier, qui ne l'avait entrevue qu'en passant, par les vitres de son wagon, en avait gardé un souvenir inoubliable : «Un château pour contes de fées et pour le chat-botté!» disait-il. Et puis d'y entrer, à la suite de Joë Bousquet, «à l'heure où les fumées s'assombrissent sur le chaos des toits et soudain s'élèvent vers un haut édifice de pierre fleurie où le ciel paraît se briser». La cathédrale Saint-Nazaire est, en effet, fort émouvante. Dès que son orgue sera restauré, on pourra y entendre à nouveau, du moins nous l'espérons, de la musique sacrée et des mélodies de troubadours : car il n'y a que l'imagerie — celle des vitraux et celle des miniatures — et la musique, qui permettent de pénétrer dans les profondeurs du Moyen-Age.

Actuellement, la Cité n'a plus d'industrie locale ni d'activité traditionnelle. Les derniers métiers des tisserands qui animaient le silence des lices se sont arrêtés il y a bien longtemps. Mais d'autres formes de commerce s'y développent considérablement et même un nouvel artisanat, qui prétend s'y enraciner. La petite ville compte beaucoup moins d'autochtones qu'à la fin du XIXᵉ siècle, mais elle se peuple, l'été, d'un grand nombre de touristes qui la rendent beaucoup plus vivante et bruyante que la ville-basse. Elle est un des lieux les plus visités de France. Les foules y gravissent interminablement les raides escaliers wisigoths, se pressent sur les courtines, admirent de confiance le château, le musée lapidaire, la cathédrale, mais négligent généralement les petites rues désertes, les minuscules places ensoleillées si pittoresques, avec leurs puits aux arceaux de pierre, leurs vieilles demeures aux façades délabrées, leurs jardinets secrets où se cachent, parfois, de charmants logis des XVIᵉ et XVIIᵉ siècles restaurés avec goût.

Pendant les mois chauds, les touristes occupent la Cité. Et, dès qu'arrive juillet, un festival expérimental se déroule en plein air, entre deux orages de grêle, au théâtre dit Antique (inauguré en 1908, agrandi et perfectionné en 1974). Si la chance vous favorise, vous pouvez tomber sur une bonne pièce, sur une mise en scène hardie et neuve, sur un essai qui ne soit pas que promesses, encore que les programmes aient tendance, depuis deux ans, à s'assagir un peu et à faire une place plus importante au *bel canto*, qui demeure la passion sincère des Carcassonnais. Le spectacle, selon la formule du jour, est partout et nulle part ; de la rue Trencavel à la rue Saint-Louis, il anime les places, les jardins, les coins d'ombre ; et c'est charmant. Pendant que les Occitans, réfugiés dans quelque tour flamboyante de drapeaux sang et or, récapitulent sans jamais se lasser «la dialectique du Sud et du Nord», les cabarets s'emplissent d'airs de guitare. Enfin, pour couronner le tout, a lieu, le 14 juillet, l'embrasement de la Cité — un grand feu de joie nocturne — qui enthousiasme les touristes et réveille l'instinct pyromane qui dort en chacun de nous.

La ville-basse est de création relativement récente. En 1247, Louis IX permit aux habitants des anciens faubourgs de la Cité — Saint-Vincent et Saint-Michel — détruits par la guerre et qu'il ne voulait pas reconstruire au pied de la forteresse où ils eussent gêné la défense, de s'établir sur la rive gauche de l'Aude. Il souhaitait que ce fût une ville essentiellement commerçante et active, capable de faire concurrence à Montpellier qui appartenait, alors, au roi d'Aragon, et à Toulouse, encore attachée à son ancienne dynastie comtale. Carcassonne reçut une charte municipale aussi libérale qu'on pouvait le concevoir à cette époque. Les juifs eurent permission de s'y établir, mais les nobles durent résider à la Cité.

On se représente assez bien, d'après l'aspect qu'elle a conservé en partie, ce que pouvait être cette bastide royale vers 1260, avec la belle ordonnance symétrique de ses rues, ses larges places au centre, ses deux églises paroissiales, l'une au nord, l'autre au midi : Saint-Vincent et Saint-Michel ; et ses nombreux couvents, le tout fermé par un mur d'enceinte fait de cailloux roulés et ornés de lits de briques à la mode romaine.

Alors qu'elle était en plein essor, l'incendie de 1355, ordonné par le Prince Noir, vint brusquement la ruiner. Elle dut être reconstruite sur un plan considérablement réduit et pourvue, surtout, de fortifications plus importantes. C'est de cette époque — qui semble avoir été assez prospère, la ville s'étant relevée assez rapidement de ses ruines — que datent les beaux hôtels particuliers du XIVe siècle, caractérisés par leurs tours d'escaliers dites «tours de viguier», que les Carcassonnais ignorent généralement parce qu'il faut pénétrer dans les cours intérieures pour

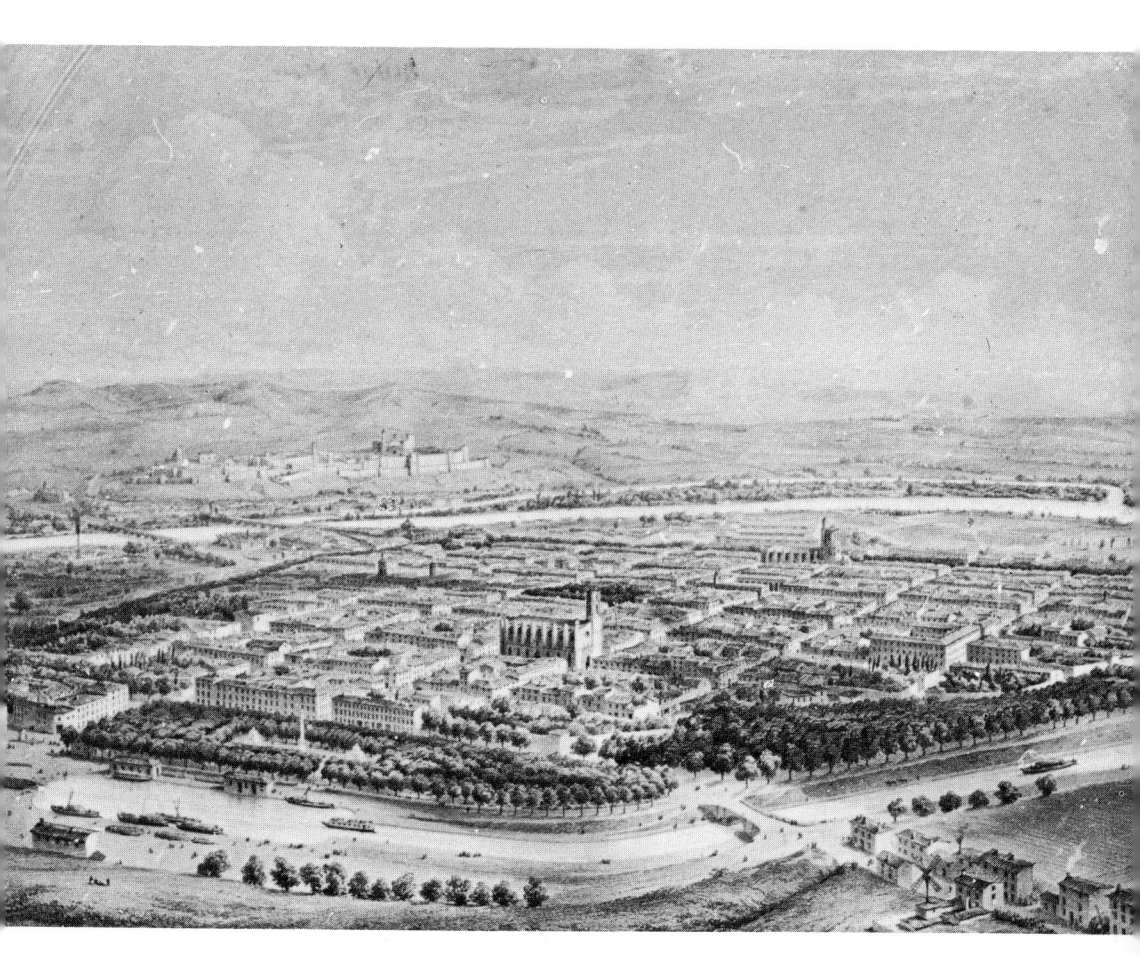

Vue de la Ville Basse en 1850. Coll. H. Alaux.

les apercevoir, mais qui mériteraient d'être signalées à l'attention des touristes : l'hôtel de Saint-André (71 rue Jean-Bringer) offre le plus beau spécimen local de gothique flamboyant.

Plus tard, au XVIIe siècle, la ville s'enrichira encore de quelques belles maisons qui ne se sont pas toutes conservées jusqu'à nous. Car — nouvelle épreuve ! — lors du passage de Louis XIII à Carcassonne, le 14 juillet 1622, un terrible incendie détruisit le quartier des Cordeliers et toute la façade est de l'actuelle place Carnot ; et, en 1629, une épidémie de peste dépeupla presque la ville. Pourtant, de 1646 à 1648, elle était redevenue assez importante pour que la Cour des Aides de Montpellier pût y être transférée.

Au XVIe siècle les bastions actuels avaient remplacé les vieux remparts du XIVe siècle. Au XVIIIe siècle on construit la Halle aux grains, la belle fontaine de style italien dite « le Roi des eaux » (la Place-aux-Herbes) et surtout le portail monumental des Jacobins. Aux beaux hôtels Louis XIII que l'incendie de 1622 avait respectés vinrent alors s'ajouter les belles demeures de style Louis XIV et Louis XV que l'on admire encore aujourd'hui dans la rue de Verdun ou la rue Aimé-Ramon. On connaît les noms de familles bourgeoises ou aristocratiques qui les ont habitées : les Castanier, les Reich de Pennautier, les de Rolland, les Fabre d'Églantine, etc. Toutes ont joué un rôle important dans la petite histoire et parfois même dans la grande...

De 1800 à nos jours, la ville s'est modernisée, agrandie, transformée. Le comblement des fossés date de 1810. Le quartier des voyageurs développa alors ses auberges, ses cafés, ses maisons de jeux (le Tivoli) au voisinage du port du Canal. Cependant, l'Empire et la Restauration n'ont pas beaucoup modifié le visage de la ville. L'Empire n'a guère fait que des ponts (ponts d'Iéna, de Marengo, de Friedland) et la Restauration ne nous a laissé que le Jardin des Plantes — d'ailleurs fort bien tracé —, la fontaine qui le décore et qui date de Charles X et la colonne de marbre provenant, paraît-il, du Trianon de Versailles où elle était restée en surnombre.

La République a surtout encouragé les constructions d'intérêt public (lycées, écoles, hôpitaux, dispensaires). De nos jours, elle restaure beaucoup d'immeubles anciens, rétablissant partout les styles d'époque. Tout récemment, la municipalité s'est installée dans le magnifique hôtel de Rolland qu'elle a fait aménager en en respectant l'ordonnance intérieure. Innovation plus heureuse encore : elle a interdit la circulation des autos dans un certain nombre de rues et ménagé à la fois la tranquillité des citoyens et celle des touristes en créant des zones de silence et de calme.

En 1815 Carcassonne avait 10 925 habitants ; elle en a 44 617 en 1980.

I
LA CITÉ

Dame Carcas

Quand on se dispose à entrer dans la Cité, on est accueilli devant le pont-levis par un grand buste de femme au-dessous duquel, sur le socle, on peut lire « Sum Carcas » : je suis Carcas. Cette sculpture, en pierre grise, date du XVIe siècle : elle représente le personnage légendaire que le poète Jean Dupré a célébré dans *le Palais des nobles dames* (1538) « comme la reine qui défendit toute seule la Cité de Carcassonne » et dont l'historien Besse a rapporté longuement la geste imaginaire. « Une dame sarrasine qu'on appelle Dame Carcas — non pas que ce fût vraisemblablement son nom, mais pour ce qu'elle fut réputée comme la dame et la reine de Carcassonne, et peut-être était-ce la femme de Balaach — voyant le prince mort, s'introduit elle-même à la défense de la place, devant laquelle saint Charlemagne demeura cinq ans, et à raison duquel siège la famine s'y mit et dit-on qu'elle y perdit tous ses soldats, et se trouva seule la défenderesse de la ville... Mais comme elle était douée d'un esprit aussi grand que le cœur, elle s'avisa de ce stratagème de faire paraître aux tours de la ville des hommes de paille, chacun avec son arbalète, et continuellement faisant le tour des murailles, elle ne cessait de décocher des traits sur les ennemis. Et dit-on de plus qu'ayant ramassé tous les bonnets des morts, elle se montrait ici avec un rouge, là avec un blanc, ailleurs avec un gris ou un bleu, et par les changements de bonnets de différentes couleurs elle abusait le camp et persuadait sans peine aux chrétiens que la

ILLUMINATION DE LA CITE. Cliché D. Chaudoreille.

place avait encore bien des soldats pour la garder.

« Quoi plus ? Se voyant après tout cela réduite à l'extrémité par le défaut des vivres, elle fit manger à un pourceau toute une hémine de blé qui lui restait et, à l'instant, le précipita en bas des murs, en sorte qu'il se creva et fit croire, par là, aux Français qu'il fallait bien que la ville fût abondamment pourvue de blé puisqu'on en donnait à manger jusqu'aux pourceaux.

« On veut nous faire accroire sur ce propos que Charlemagne leva enfin le siège mais, Carcas, voyant dessus le haut des murailles de la ville défiler les troupes, elle sortit en même temps et suivit le camp, appelant Charlemagne, de sorte que celui qui le premier en advertit l'Empereur lui dit : "Sire, Carcas te sonne", et de là, dit-on, est venu le nom de Carcassonne. Alors elle soumit la ville et sa personne même à Charlemagne et promit de se faire chrétienne. Et ensuite le roi entra dans Carcassonne, lequel admirant le courage de l'amazone, voulut qu'elle demeurât toujours la maîtresse de la ville, et incontinent après son baptême il lui donna pour époux un gentilhomme d'illustre race qui suivait l'armée, appelé Roger : d'où l'on veut dire que sont descendus ces Roger comtes de Carcassonne de qui nous avons à parler dans la suite.

« Le récit fabuleux qu'on fait de cette guerre ajoute que les Sarrasins indignés, non pas de ce qu'elle avait rendu la place, sachant assez qu'elle avait combattu jusqu'à l'extrémité, mais bien plutôt de ce qu'elle s'était faite chrétienne et avait épousé un de leurs ennemis, ils vinrent assiéger Carcassonne deux ans après qu'elle eut été rendue à Charlemagne, et menaçant Carcas d'une mort infâme si elle tombait entre leurs mains.

« Mais à peine les Payens avaient posé leur camp que cette généreuse femme résolut de vaincre cette fortune qui menaçait de la faire servir de victime honteuse à la colère de ses ennemis et, en ce dessein, elle se fit armer et pour ce qu'elle était enceinte et que ses mamelles étaient extrêmement remplies, elle fit faire exprès ces deux petits boucliers que nous voyons encore en cette ville pour couvrir ses tétines ; et pour d'autant mieux faciliter son entreprise, elle voulut se servir seulement des armes de son sexe, c'est-à-dire d'une quenouille qu'elle mit à son côté, après avoir imbu le chanvre dont elle était revêtue de l'eau-de-vie, du soufre, du camphre et autres matières combustibles, et dans une

LA TOUR ST-NAZAIRE : Bel échantillon de l'architecture militaire de Philippe Le Hardi. Cliché D. Chaudoreille.

espèce de fuseau qu'elle tenait en sa main, elle portait cachée une mèche allumée, et en cet équipage sortit de nuit de la ville. Elle exécuta si généreusement tout ce qu'elle avait décidé que l'armée des Sarrasins vit presque tout à la fois et le feu et les cendres de leurs machines et, à ce signal, les chrétiens étant sortis de la place, car c'était l'ordre qu'elle leur en avait donné, la confusion et le désordre fut si grand parmi les ennemis que tout se mit en déroute... »

Cette légende épique fut longtemps populaire et elle l'est encore aujourd'hui. Aux siècles passés elle était fréquemment utilisée pour défendre contre ses détracteurs le prestige de la Cité millénaire. La ville-basse s'était, en effet, développée et enrichie au point que beaucoup de notables appartenant aux corps constitués, et même l'évêque, songeaient à s'y établir, ne fût-ce que temporairement. Les consuls de la Cité, dont il était question de transférer les pouvoirs au consulat d'en bas, firent valoir énergiquement leurs privilèges et surtout la prééminence traditionnelle de la vieille ville sur la nouvelle. A maintes reprises ils supplièrent le roi d'intervenir pour obliger ses officiers à ne pas quitter la Cité. Et c'est très probablement pour rappeler que celle-ci était la véritable Carcassonne et avait seule droit à ce nom qu'ils firent ériger, au XVIe siècle, comme une sorte défi lancé à la ville-basse, le buste de Dame Carcas : « Moi seule suis Carcassonne ! »

L'hostilité des Citadins à l'égard des habitants du « Bourg » se maintint presque jusqu'à notre époque, dégénérant assez souvent en querelles et en rixes. Au début du XXe siècle, les deux « jeunesses » se faisaient encore la guerre à coups de pierres...

Les lices

Après avoir franchi le pont-levis (rétabli par Viollet-le-Duc), on a devant soi la masse imposante des tours narbonnaises (enceinte intérieure) entre lesquelles s'ouvre la porte de la ville. Ces magnifiques tours revêtues de pierres appareillées à bossage et munies d'un bec, c'est-à-dire d'un saillant en forme de proue de navire destiné à amortir le choc des béliers, sont l'œuvre des ingénieurs de Philippe le Hardi. Elles communiquent entre elles à l'étage et forment ainsi, au-dessus de la porte, une vaste salle

LES LICES HAUTES, vue du Pont-Levis. Cliché D. Chaudoreille.

TOURS DE LA PORTE NARBONNAISE ET TOUR DU TRESAUT (PHILIPPE LE HARDI) : Chef d'œuvre de l'art militaire du Moyen Age, la tour du sud possède une cave -qui servait de charnier à la garnison- pouvant contenir mille pourceaux et cent bœufs salés ; et une citerne recevant l'eau de pluie. La Tour du Trésaut ou du trésor renfermait avec le trésor royal les archives et autres documents précieux qui furent brûlés en 1793 sur la place publique appelée avant 1789 Belle-vue, puis place de la Liberté sous la Révolution. Cliché D. Chaudoreille.

6 LA CITÉ DE CARCASSONNE :
Rue des Lices-Hautes.
(ÉDIT. N. G.)

25 CARCASSONNE (CITÉ). — LES HAUTES LICES. — LL.

LA RUE DES LICES HAUTES. H. Taine a noté d'un trait incisif l'aspect misérable des lices vers 1863. ''Tout le long des murailles, dit-il, rampent et s'accrochent des baraques informes, borgnes ou boiteuses, imprégnées de poussière et de boue''. Coll. H. Alaux.

ornée de cinq fenêtres en ogive et à meneaux donnant sur l'intérieur de la Cité. Du côté de l'extérieur, vers le pont-levis, la haute muraille n'est percée que de quelques meurtrières. La porte ogivale et le couloir qui traverse l'édifice étaient fermés autrefois par des vantaux et par tout un système de herses et de machicoulis. Elle est surmontée d'une niche où une Vierge du XIIIe siècle semble protéger l'entrée de la ville. Cette statue avait été décapitée à la Révolution, mais des personnes pieuses qui en avaient conservé la tête, à la Maison de la Charité, obtinrent le 28 juillet 1838 l'autorisation de la reconstituer. Elle est, naturellement, l'objet de bien des légendes. On racontait que le soldat qui avait tiré sur elle était mort peu de temps après dans d'atroces souffrances. Une autre version précise qu'il s'était endormi pendant qu'il était de garde et que la Vierge l'avait réveillé en lui criant : « Sentinelle, aux armes ! »

Au lieu de visiter tout de suite l'intérieur de la Cité, il est préférable d'en faire d'abord le tour en parcourant les lices, c'est-à-dire le large chemin compris entre les deux enceintes. Pour cette promenade il n'y a point de guide, mais on n'a besoin de personne. Il suffit de prendre soit à gauche soit à droite des tours narbonnaises et de marcher toujours devant soi. Les lices hautes s'étendent au sud et au sud-est et l'on y a constamment sous les yeux le bel horizon pyrénéen. Les lices basses occupent le front nord et nord-est, et l'on y est toujours accompagné, si l'on monte sur la courtine extérieure, par le lent déroulement de la montagne Noire et le panorama de la ville-basse qui s'étend au pied de la colline.

Engageons-nous donc dans les lices hautes. La deuxième enceinte y offre d'abord des parties bien conservées de la muraille romaine et notamment, tout près de la porte narbonnaise, en direction du sud, la tour qui porte le nom de Sacraire de Saint-Sernin. Elle formait l'abside d'une église, démolie en 1793, qui occupait, du côté de la ville, l'emplacement de l'actuel calvaire. La fenêtre ogivale qui s'ouvre dans une tour romaine, sur les lices, et surprend un peu, date de 1441. Charles VII en autorisa la percée pour éclairer le maître-autel dans l'église qui devait manquer de lumière. La charte royale rappelle à cette occasion qu'à la fin du IIIe siècle le saint évêque Sernin (Satur-

TOUR DU SACRAIRE SAINT-SERNIN. Abside de l'église St-Sernin percée d'une belle fenêtre gothique (1441). Cliché D. Chaudoreille.

nin) venu, sur l'ordre de saint Pierre et accompagné de Papoul et Honestus, prêcher la foi chrétienne à Carcassonne, fut incarcéré dans cette tour même par le prévôt romain nommé Ruffin. Un ange intervint, qui délivra le saint. Mais repris et emprisonné à nouveau, Sernin subit le martyre quelque temps après. Le peuple carcassonnais se convertit tout aussitôt, « fit de sa prison une église et la dédia à son nom ».

En suivant l'enceinte intérieure on rencontre un saillant quadrangulaire — le seul en son genre dans la Cité — accolé à la muraille. Il contenait un escalier de bois communiquant à un souterrain — aujourd'hui comblé — qui passait sous les lices et aboutissait à une issue extérieure placée à côté de la tour de la Peyre.

La tour de la Vade (enceinte extérieure) fut construite au temps de saint Louis pour renforcer le front sud de la Cité. Avec son puits et son four, elle est pratiquement indépendante des courtines dont elle est comme décrochée et elle pouvait résister par elle-même à l'assaut de l'ennemi. Jusqu'à la Révolution, elle a joué un rôle important dans la vie de la Cité. Elle fut, durant des siècles, le siège principal des Mortes-Payes, compagnie instituée par saint Louis pour la garde perpétuelle de la Cité et du château. C'est à son sommet que l'on fixait le papegay — c'est-à-dire le perroquet de bois — que les candidats au titre de roi du papegay, sorte de roi de la jeunesse, devaient abattre — à l'arbalète, puis plus tard au fusil — pour être proclamé vainqueur. Cette épreuve, de caractère militaire, organisée par les consuls aux approches du dimanche de Pentecôte, attirait un grand nombre de concurrents qui s'assemblaient dans un enclos voisin, dit le *Camp du roy*.

Liée à toutes les manifestations joyeuses du populaire, la tour de Vade sut vieillir en beauté et sa lente et pittoresque dégradation fit longtemps le charme de ce coin de la Cité. Avant que Viollet-le-Duc ne l'ait restaurée, sa terrasse ruinée constituait, paraît-il, un véritable jardin suspendu où fleurissaient le violier et des fleurs de toutes couleurs et où poussaient même des arbustes. Elle composait, avec les humbles maisons des tisserands qui, à cette époque, encombraient les lices, un tableau qui émerveillait les visiteurs romantiques.

A la fin du siècle dernier et au début de celui-ci, tout le

LA TOUR DE LA VADE : (du patois local "bado", regarder, observer). Saint Louis, qui la fit construire, l'appelait sa "tour neuve" ; elle fut le siège d'une corporation privilégiée, les Mortes-Payes, chargée de la garde des tours et des remparts de la Cité. Cliché D. Chaudoreille.

monde, à la Cité, était tisserand. La corporation, célèbre par sa pauvreté et sa bonne humeur, se composait d'artisans travaillant à domicile. Il ne subsiste plus d'eux qu'un abondant folklore que Gaston Jourdane et Pierre et Maria Sire nous ont conservé en partie :

> Les tisserands sont plus que les évêques;
> Du lundi ils font une fête
>   Et roulons la
> Et roulons la navette :
> Le beau temps reviendra
>   Et roulons la!

Ils se réunissaient le soir les uns chez les autres pour boire et jouer aux cartes. Ils se procuraient en fraude du vin qui n'avait pas payé les droits d'octroi et ils appelaient cela, on ne sait trop pourquoi : *Anar a Berlin* (aller à Berlin). Ils riaient pour oublier leur misère, qui était effroyable. On racontait, il n'y a pas si longtemps, que leur nourriture habituelle, c'était le *millas* (sorte de bouillie de maïs cuite à l'eau) et le hareng saur fumé (l'*alencada*). On citait même le cas d'une famille de douze personnes qui fit tout le carême avec un seul hareng. La ménagère l'avait suspendu au plafond de la cuisine avec une ficelle. A l'heure du repas, chacun frottait son morceau de pain au poisson qui s'amenuisait tous les jours davantage. «*Los ai acontentats tots am' una alencada*», disait en riant la mère de famille : je les ai contentés tous avec un seul hareng!

Poursuivant notre promenade, nous longeons maintenant les hautes murailles de l'enceinte intérieure qui interrompent le rempart romain et furent élevées sous Philippe le Hardi. Nous parvenons ainsi à la corne sud-ouest de la Cité (tour du grand Burlas) qui en fut longtemps l'un des points faibles et que les ingénieurs royaux durent renforcer. En avant de la tour on remarque, attenant à l'escalier qui descend jusqu'à une poterne s'ouvrant sur la campagne, la base d'une tour romaine, noyée dans le terre-plein, que des fouilles ont mise récemment au jour. C'est ici l'un des lieux les plus émouvants de la Cité, l'un de ceux qui parlent le plus à l'imagination.

En 1240 le vicomte Trencavel, le fils du vaincu de 1209, revenu d'Espagne avec quelques routiers, avait, à la suite d'une véritable guerre éclair, reconquis ses domaines et rallié ses anciens vassaux. Le 7 septembre 1240, il se présentait devant Carcassonne. Connaissant l'état de vétusté dans lequel était cette tour romaine — qu'on appelait «tour sarrasine» —, c'est d'abord sur elle qu'il fit porter son attaque. Ses ouvriers se mirent à l'œuvre, la minèrent et réussirent à la faire basculer. Il y eut sans doute un long moment où Mars se montra incertain, *Mars anceps!* et le destin, hésitant. Par la brèche qu'il s'efforçait d'occuper et d'élargir, le jeune chevalier — il avait trente ans — pouvait apercevoir les tours du château de son père! On imagine les prodiges de vaillance qu'il dut faire, à la tête de ses hommes, pour suppléer à leur petit nombre : il tenait presque la victoire... Mais le sénéchal Guillaume des Ormes, qui commandait à la Cité pour le roi, n'était pas moins décidé à vaincre... Il résista, fit agir la contre-mine et, finalement, colmata la brèche et repoussa l'assaillant. Il y eut encore cinq attaques furieuses qui, toutes échouèrent. Après un mois de siège Trencavel perdit toute espérance. Et le 19 octobre, à la nouvelle qu'une armée royale commandée par Jean de Beaumont venait secourir la Cité, il se décida à lever le camp. Il se réfugia à Montréal où il capitula peu de temps après. Il suivit saint Louis en Terre Sainte et vécut, dit-on, jusqu'en 1263...

La tour Mipadre forme l'angle méridional du saillant de l'enceinte intérieure élevée par Philippe le Hardi. Elle a été construite avec un soin tout particulier parce que l'assaut donné par Trencavel avait montré combien ce point de la forteresse était vulnérable. Une seule porte d'entrée donne accès dans l'intérieur et se ferme du dedans, ce qui indique que la tour formait un réduit indépendant pourvu, comme la tour de la Vade, d'un four particulier. Une curiosité : à gauche, en entrant, on lit sur la pierre une inscription assez bien tracée : «Rosié», surmontée d'une fleur de lys. Sans doute le nom d'un soldat du XVe ou du XVIe siècle.

A partir de la tour Mipadre l'enceinte intérieure se dirige de l'ouest à l'est, de même l'enceinte extérieure, à partir de la tour du grand Burlas. Toutes les tours — et notamment celle de Cahuzac, qui offre cette particularité que le chemin de ronde y contourne l'étage supérieur et passe sous une sorte de portique assez élégant — mériteraient un examen plus approfondi. Mais nous voici parvenus à la tour de l'Évêque.

C'est un des plus remarquables spécimens de l'architecture militaire du temps de Philippe le Hardi. De forme carrée, munie d'une échauguette à chaque angle, elle est à cheval sur les deux enceintes et était destinée à interrompre en temps de guerre toute communication entre les lices du nord et celles du sud. Elle occupe un point vital de la forteresse : voisine du palais de l'Évêque (aujourd'hui détruit), flanquant le château central, elle protégeait aussi, indirectement, la porte d'Aude.

Face à la ville-basse, la porte d'Aude (ou de l'Ouest) est l'une des deux portes de la Cité. On y accède, venant du dehors, par une montée aboutissant à une lourde arcade, puis à une seconde ouverture ogivale défendue par un crénelage et par une terrasse fortifiée protégeant la porte dite du Sénéchal qui donne sur les lices hautes. On se trouve alors dans une sorte de place d'armes puissamment défendue de tous côtés. La pente assez raide n'est point rectiligne, mais se coude plusieurs fois de façon à obliger l'assaillant à se présenter toujours en file et en flanc. Sur la gauche un cube de pierre correspond à une citerne aménagée dans l'épaisseur même de la courtine. Après un dernier changement de direction on se trouve enfin en présence de la porte romane — plutôt grande poterne — qui est la vraie et plus ancienne porte d'Aude, et débouche directement dans la Cité.

Le château — en bas duquel nous nous trouvons maintenant et que nous décrirons mieux par la suite — était protégé et prolongé par la Barbacane, énorme tour ronde, non couverte, qui avait pour rôle de faciliter aux assiégés l'accès à l'Aude et de l'interdire sur ce point aux ennemis (le fleuve coulait autrefois beaucoup plus près de ses murs). Cette barbacane fut malheureusement détruite en 1826, et ses matériaux employés à la construction d'une usine. Viollet-le-Duc ne l'a pas reconstruite. Les lieux où elle s'élevait sont occupés aujourd'hui par une petite place attenante à l'église Saint-Gimer.

Du bas de cette tour partaient deux souterrains dont l'entrée était encore visible en 1816. L'un se dirigeait vers le sud, l'autre vers l'ouest. Le premier allait rejoindre l'« Inquisition » et la prison désignée sous le nom de la *Mure* qui en dépendait. Le couvent des Inquisiteurs avait été construit, en effet, à peu de distance de la tour de l'Évêque, dans le faubourg de la Barbacane, où une rue portait naguère le nom «des Jacobins» (Dominicains). (Ce n'est qu'en 1255 que, une inondation ayant démoli leur couvent, ils tinrent leurs séances à l'évêché et dans la tour voisine, du côté du nord, qu'on appelle encore tour de l'Inquisition.) La prison de la Mure, dont il ne reste aujourd'hui que quelques vestiges informes, était située sur le glacis de la Cité, du côté de la tour de l'Évêque.

L'autre souterrain, qui se dirigeait vers l'ouest, aboutissait à la tour du Moulin — qui appartint par la suite au roi — dont la base subsiste toujours. C'est auprès et un peu au-dessous de l'actuel Moulin du Roi que l'on passait l'Aude, à gué ou sur un pont de bois, au temps de la domination romaine.

J'ai entendu conter, dans mon enfance, beaucoup de légendes concernant les souterrains de Carcassonne. On ne peut guère ajouter foi à celles qui assuraient que la ville communiquait par des voies cachées avec Narbonne, Toulouse ou même avec les châteaux de Lastours qui ne sont qu'à dix-huit kilomètres. Mais il est de fait que les habitants de la Cité, lors du siège de 1209, se sont enfuis nuitamment. Comment Pierre Rogier de Cabaret, qui combattait à Carcassonne, aurait-il pu rejoindre son donjon de Lastours, où on le retrouve peu de temps après, s'il n'avait pas emprunté l'un de ces souterrains? D'autre part, les vieilles gens se souvenaient fort bien, avant 1914, d'avoir joué, enfants, dans des souterrains plus ou moins effondrés. Ceux de la Barbacane sont, je crois, suffisamment attestés. De même celui qui partait de la tour Saint-Laurent, et cet autre, de la tour du grand Burlas. Sans doute n'allaient-ils pas très loin, mais, de nuit, ils permettaient de gagner la campagne toute proche. Il y aurait, je crois, grand intérêt à les rechercher et à les rouvrir.

La barbacane — ou «boulevard» — était reliée au château par une caponnière — c'est-à-dire une montée fortifiée des deux côtés — que Viollet-le-Duc a restaurée ou rétablie. Près de la Barbacane elle est très étroite, mais elle s'élargit jusqu'au point où, formant coude, elle se dirige perpendiculairement au front du château, afin de pouvoir être prise d'enfilade par les assiégés postés sur les chemins de ronde de la double enceinte ou dans le château même. La montée est coupée par des parapets chevauchés. Au pied de la forteresse on se trouvait enfin devant un ouvrage considérable et bien défendu : un couloir long surmonté de deux étages sous lesquels il fallait passer (d'après Viollet-le-Duc).

Nous reprenons maintenant la visite des lices basses, ayant vue, à notre gauche, sur la ville-basse et sur l'horizon lointain de la montagne Noire, à notre droite sur les tours romaines de la seconde enceinte. On peut alors, si on a le goût du passé et un peu d'imagination, se replonger facilement, en faisant abstraction des défenses de l'enceinte extérieure, dans ces temps troublés du Ve siècle où Carcassonne, ville frontière de l'Empire, était tantôt romaine et tantôt wisigothe.

Mais ici l'histoire fait des bonds ! Et nous voici à nouveau écrasés par les hautes murailles de Philippe le Hardi que domine la tour du Trésaut.

On s'accorde à voir en cette tour l'une des plus belles de la Cité, tant par son aspect monumental que par son architecture intérieure. Besse croyait qu'elle avait été construite par les Goths, qui y auraient déposé leurs trésors. Mais il n'y eut jamais qu'un trésor de chartes. Au XVIe siècle, l'hôtel de ville fut installé à l'intérieur de la Cité, au pied de la tour, dans un logis dont on voit encore, donnant sur la rue, la porte cintrée ornée des armes du consulat. Ce logis communiquait avec la tour du Trésaut, et les consuls avaient la jouissance de la grande salle du premier étage et peut-être aussi de celle du second. C'est là que les révolutionnaires allèrent prendre, le 30 brumaire de l'an II, les archives de la ville pour les brûler sur le « préau » (devant la statue de Dame Carcas).

Le puits de la Sandrine — accolé au rempart intérieur — rappelle le nom d'une jeune fille qui s'y serait noyée par désespoir d'amour. Mais nos légendes sont parfois optimistes ! La malheureuse, soutenue sur l'eau par ses vêtements, fut ranimée à temps par les voisins accourus à ses cris. Elle se maria avec son infidèle amant, repentant et contrit ; et ils eurent beaucoup d'enfants...

Nous avons fait le tour complet de la Cité, et nous voici revenus à notre point de départ. Du haut de sa niche, la Vierge des tours narbonnaises nous invite maintenant à entrer dans la ville du passé.

LA VIERGE DU XIIIème SIECLE de la Porte Narbonnaise. Cliché D. Chaudoreille.

A l'intérieur de la Cité :
le château comtal, l'église Saint-Nazaire

Le château

Sur l'emplacement d'un édifice romain dont il subsiste encore de belles mosaïques et qui fut, peut-être déjà, le siège de l'administration locale, le premier château comtal, adossé au mur gallo-romain du IVe ou Ve siècle, fut construit aux environs de 1150 par Bernart Aton ou Roger Ier, et la chapelle qui lui est annexée, dont les bases reposent sur la mosaïque ancienne, entre 1150 et 1160. C'est de cette époque que date également la salle en berceau, dite la «chambre ronde» *camera rotunda)* où le vicomte délibérait avec ses *probi homines* et où étaient signés les actes importants. Elle est ornée de fresques représentant une bataille entre Sarrasins et Francs : peut-être la prise de Sarragosse par les Arabes à laquelle Bernard Aton avait participé.

Les comtes Roger II et Raimon Roger Trencavel parachevèrent l'œuvre de Bernart Aton au cours du XIIe siècle et jusqu'au début du XIIIe siècle où Simon de Montfort s'empara de Carcassonne. Il ne semble pas que la monarchie française ait modifié sensiblement le plan du château. Elle se borna à le restaurer et à le renforcer. Elle fit élever notamment la barbacane destinée à le protéger contre une attaque éventuelle venant de la ville.

Le château est rectangulaire, flanqué de six belles tours, et défendu, du côté de la Cité, par un large fossé que l'on franchit aujourd'hui sur un pont relativement moderne. La haute tour de guet quadrangulaire, dite la tour Pinte, que l'on attribuait naguère aux Arabes, est d'origine romane. L'ensemble architectural se présente dans un beau désordre que l'administration des Monuments historiques s'emploie de son mieux à réduire ou à éclairer. Après avoir visité les mosaïques romaines, la chambre ronde et le riche musée lapidaire installé dans les salles hautes du palais vicomtal — où l'on trouve, entre autres curiosités, une belle série de stèles discoïdales — le touriste pourra errer en toute liberté — s'il n'y a pas trop de monde — dans la cour du château et y rêver, à l'ombre des siècles, aux événements heureux ou tragiques qui s'y sont déroulés. Les magistrats romains — le légendaire Ruffin qui fit incarcérer saint Saturnin dans la tour du Sacraire, mais ne put empêcher un ange de l'en faire sortir — les comtes, les vicomtes, puis, après eux, les sénéchaux

LE CHATEAU (entrée). Ancienne résidence des seigneurs féodaux puis des sénéchaux qui y représentaient le roi de France. Cliché D. Chaudoreille.

LE CHATEAU (défense). Les tours et les courtines du château garnies de hourds, galerie extérieure en bois établie en temps de guerre. Cliché D. Chaudoreille.

4. Théâtre antique de la Cité de Carcassonne

Représentation de "LA FILLE DE ROLAND" d'H. de Bornier

26 Juillet 1908

31-12-1908

GÉRALD : La France, dans ce siècle, eut deux grandes épées,
Deux glaives, l'un royal et l'autre féodal,
Dont les lames d'un flot divin furent trempées ;
L'une a pour nom Joyeuse, et l'autre Durandal.
Roland eut Durandal. Charlemagne a Joyeuse.

Editions PALAU Frères, à Carcassonne

LE THEATRE DIT "ANTIQUE" de la Cité fut inauguré le 26 juillet 1908. Paul Mounet, Jacques Fenoux, et Jeanne Delvair y jouèrent "La fille de Roland" devant 5000 personnes enthousiastes.
Coll. H. Alaux.

et autres gouverneurs civils et militaires de Carcassonne, ont tous hanté cette cour intérieure qui, à l'époque où Adélaïde, nièce du roi de France, habitait le château, s'ornait du fameux orme féodal, mentionné dans les chartes. A son ombre se tenaient, l'été, de graves réunions politiques ou de plaisants colloques d'amour...

C'est dans une tour du château — peut-être la tour Pinte — que le malheureux vicomte Roger Trencavel mourut à vingt-quatre ans, le 10 novembre 1209, empoisonné selon toute vraisemblance par Simon de Montfort. Il s'était livré en otage pour sauver son peuple. Le troubadour Guilhèm Augier — qui nous a laissé sur sa fin tragique une élégie dont l'accent de sincérité nous touche encore aujourd'hui — n'hésite pas à comparer son sacrifice à celui de Jésus-Christ. «Puisque Dieu, s'écrie-t-il, a reçu lui aussi la mort pour sauver les hommes, que là où il est il comble de biens celui qui est passé par le même pont pour sauver les siens !» De fait, sans tomber dans l'exagération qu'il y a à comparer Trencavel à Jésus-Christ, l'historien Pierre Belperron reconnaît que «si l'on considère l'attitude ultérieure des croisés, le "sacrifice" de Raimon Roger peut seul expliquer cette anomalie qu'étant venus en Languedoc pour perdre les hérétiques, ils n'aient point massacré tous ceux de Carcassonne...» L'ingrate cité n'a pas daigné conserver le moindre monument à son sauveur de 1209. Tout au plus a-t-elle donné son nom à une rue...

Simon de Montfort retint en otage dans le château comtal le prince Jacme, fils de Pierre d'Aragon, tué à Muret (1213). La tradition locale — dont Besse s'est fait l'écho — veut que Pierre Nolasque soit allé plusieurs fois visiter le jeune roi — qui n'avait que cinq ans — pour le consoler. Il lui aurait suggéré de faire vœu à Notre-Dame, s'il pouvait obtenir sa liberté, de fonder l'*Ordre de la Merci* pour la rédemption des captifs. L'infant, craintif et désemparé, fut frappé par ces paroles, bien qu'il n'eût que cinq ans, et les conserva fidèlement dans son cœur. Devenu roi, il s'acquitta de son vœu, et l'Ordre de la Merci fut fondé le 10 août 1235.

Dans les siècles suivants, les rois de France firent emprisonner au château de la Cité de jeunes gens de famille noble ou bourgeoise dont les parents voulaient corriger l'inconduite. Parmi les

LA TOUR PINTE : appelée autrefois "tour du Paon" mais aussi tour de Charlemagne ; la légende prétend que la tour s'inclina devant l'Empereur. Cliché D. Chaudoreille.

plus notables, Gaston Jourdanne cite un conseiller du Parlement de Pau et un duc de Mazarin. Ce dernier obtint, dit-on, au bout d'un an, d'être laissé prisonnier sur parole dans l'enceinte de la Cité. Le père de Cavalier, le chef des Camisards, fut retenu quelque temps dans une tour du château. Pendant la Révolution enfin, on y enferma des prisonniers politiques et de droit commun.

Des légendes se sont développées, à une époque récente, qui mêlent, pour ainsi dire, en une seule complainte, les traditions concernant les divers prisonniers. En 1792 le général Dugommier — dont le quartier général était à Auriac, près de Carcassonne — avait pris en suspicion un de ses capitaines, nommé Malpel, parce qu'il ne comprenait pas le sens des chansons humoristiques qu'il composait en occitan et qu'il les croyait d'inspiration royaliste : il le fit jeter dans une tour du château comtal. Cette tour, qui s'appelait alors tour Saint-Paul, fut baptisée par le populaire : tour Malpel. Il paraît que notre homme s'était procuré un violon sur lequel il râclait ses chansons patoises. Et tout le monde s'assemblait au pied de la tour pour l'écouter ! C'est pour cela que pendant longtemps on put entendre, dans les rues de la vieille Cité, retentir cette menace adressée aux enfants turbulent : « Si tu n'es pas sage, petit, nous t'enverrons jouer du violon dans la tour de Malpel » *(jogar del violon dins la tor de Malpel !)*...

Cette anecdote, vraie ou fausse, a fait un peu oublier les traditions plus anciennes concernant la mort du vicomte Trencavel. On racontait — il n'y a pas si longtemps — qu'après avoir été enfermé par Simon de Montfort dans la tour Pinte, il avait pu s'évader sous un déguisement en se laissant glisser par un puits, creusé dans l'épaisseur de la tour Saint-Nazaire, et débouchant dans les lices, et que de là il avait réussi à atteindre la poterne de Razès. Il allait franchir celle-ci lorsqu'il fut reconnu par un soldat croisé et ramené dans sa prison, où il expira peu de temps après. La tradition souligne — le fait est digne de remarque — que Raimon Roger n'est pas mort naturellement... Le malheur, ajoute Gaston Jourdane, auteur d'un excellent *Folklore de l'Aude*, est que ni la poterne du Razès, ni la tour Saint-Nazaire n'existaient à ce moment, puisqu'elles font partie du système de fortifications construites par la royauté.

L'église Saint-Nazaire et Saint-Celse

Le plus ancien sanctuaire chrétien (IVe siècle) était situé au bas de la Cité, sur l'ancienne voie romaine, à l'endroit où s'élève aujourd'hui l'église Sainte-Marie du Saint-Sauveur. On présume qu'à l'époque où Carcassonne fut érigée en évêché sous la domination des rois goths, c'est-à-dire au VIe siècle, une église fut construite dans la Cité même. La crypte actuelle en aurait fait partie. Mais il est sûr qu'elle fut remplacée par un autre puisqu'en 1096 le pape Urbain vint la bénir, ainsi que les matériaux préparés pour l'achever.

Les travaux se poursuivirent aux siècles suivants et aboutirent à donner à la vieille basilique l'aspect qu'elle a aujourd'hui, où le style roman se combine harmonieusement avec le style gothique. En la contemplant de l'extérieur, mais surtout en entrant dans l'église, on est frappé par la différence bien tranchée que représentent les deux architectures. La grande nef romane et les deux nefs latérales sont soutenues par des piliers ronds ou carrés aux colonnes engagées, surmontées de modillons, de damiers, de palmettes, tandis que le transept ogival et les chapelles des bas-côtés, édifiés par Pierre de Roquefort (1300-1331) se ressentent de l'influence nordique, et appartiennent au plus pur gothique.

On ne cessa jamais de remanier cette vénérable basilique. L'évêque de Grignan (1681-1722) eut la malencontreuse idée de vouloir l'adapter au goût de son siècle et le résultat ne fut pas heureux. Viollet-le-Duc et les architectes modernes ont en partie supprimé ses additions pour rendre à l'église son double visage roman et gothique. L'œuvre même de Viollet-le-Duc a appelé des retouches.

Saint-Nazaire offre l'aspect d'une croix latine. Sa longueur totale est de 59 mètres, la largeur des trois nefs prises ensemble est de 16 mètres. Celle des transepts de 36 mètres (Cros-Mayrevieille).

Il faut s'attarder longuement à la visiter dans tous ses détails, cette basilique, parce qu'elle renferme non pas seulement de splendides œuvres d'art, mais aussi d'émouvants témoignages du passé de la ville.

On sait que Simon de Montfort, tué au siège de Toulouse le

EGLISE SAINT-NAZAIRE. Cliché D. Chaudoreille.

Gargouilles de l'église Saint-Nazaire. Cliché D. Chaudoreille.

PIERRE DU SIEGE (église St-Nazaire). Sculpture représentant le siège de Toulouse par les croisés en juillet 1218 et la mort de Simon de Montfort. Cliché D. Chaudoreille.

25 juin 1218, fut ramené à Carcassonne et enseveli dans l'église Saint-Nazaire, à l'extrémité est de la nef latérale droite, à quelques pas de la chapelle Sainte-Croix. Mais trois ans après ses restes furent exhumés et portés par son fils Amaury au monastère des Hautes-Bruyères, près de Montfort-l'Amaury (Seine-et-Oise). Néanmoins, la comtesse de Montfort voulut qu'à perpétuité une lampe ardente fût entretenue devant l'autel de Sainte-Croix, en mémoire de son époux, et qu'une messe y fût quotidiennement célébrée pour le repos de son âme. Cette fondation a figuré dans les nécrologes de la cathédrale jusqu'à la Révolution de 1789.

En outre, un cénotaphe avait été dressé sur l'emplacement de l'ancienne sépulture. La pierre dite de Simon de Montfort, introduite dans l'église le 31 juillet 1845, et toujours exposée contre un mur, n'est qu'un faux grossier ; mais il est possible, en revanche, que la *pierre du siège,* découverte en 1835 par Mérimée dans un recoin obscur de la nef, soit l'un des morceaux du grand côté de l'entourage de son tombeau. On peut la voir aujourd'hui sur le mur de la chapelle méridionale. C'est une pierre longue de 1,08 m, large de 0,80 m et épaisse de 0,20 m, d'arête franche à droite et brisée à gauche.

On en a interprété de maintes façon le sujet. Tout porte à croire qu'il s'agit, comme l'a démontré Gustave Mot, du siège de Toulouse par les croisés en 1218 et de la mort de Simon de Montfort. C'est la maladresse du sculpteur et l'inversion des perspectives qui ont égaré les archéologues. Le tableau est divisé en deux praties par un large trait ondé qui figure la Garonne. Mais en bas ce trait s'interrompt : la Garonne est franchie par les croisés. On voit donc l'intérieur de la ville — à droite — où la résistance se prépare. Il n'y manque rien ni personne : ni les consuls, ni les ingénieurs, ni surtout pas la machine de guerre, le fameux trébuchet — qui va abattre Simon de Montfort. Dans le camp des croisés, le cadavre du comte est emporté sur un brancard dans la tente du légat, tandis que son âme est guidée au ciel par un ange.

Le cénotaphe de Simon de Montfort a été démoli pour dégager le transept méridional de l'église. On peut penser que cette pierre, mise au rebut, en faisait bien partie. En 1890 un fragment complémentaire de celui-ci se trouvait, paraît-il, à l'Arsenal de Toulouse. Mais personne ne l'y a jamais vu. Il donnerait seul, pourtant, la clé de l'énigme.

Les amateurs de souvenirs cathares prêteront attention à une autre pierre — bien curieuse aussi — encastrée actuellement dans la muraille près de la porte Sainte-Anne du transept nord. On y lit l'épitaphe, en belles capitales du commencement du XIVe siècle, de Sans Morlane, archidiacre de Sainte-Marie du Bourg-Neuf, puis aumônier de l'église de Saint-Nazaire, mort le 23 août 1311. Au bas de la pierre et à gauche de la croix qui se trouve au milieu des trois dernières lignes de l'épitaphe, sont gravées les armoiries du défunt : de... au chef..., à trois besans de... posés 2 et 1.

Ce singulier personnage, riche bourgeois et prêtre catholique, fut, dans la clandestinité, un cathare convaincu. Il assistait aux assemblées hérétiques et «adorait» les Parfaits. Il prit surtout une part très active aux mouvements de résistance, consulaires et bourgeois, qui s'organisaient dans quelques villes méridionales contre l'Inquisition et, parfois, contre le pouvoir royal. A Carcassonne il ourdit un véritable complot (1248-85) — qui d'ailleurs échoua — pour s'emparer des sacs de cuir du Logis de l'Inquisition contenant des listes de bourgeois suspects d'hérésie. Découvert, dénoncé par l'inquisiteur Jean Galland au pape Honorius II, il mena le double jeu jusqu'au bout. Il y eut un long procès, fertile en incidents divers, à l'issue duquel le pape décida qu'il ne convenait pas de l'inquiéter davantage. Il finit tranquillement ses jours dans le sein de l'Église romaine, non sans avoir sans doute reçu le *consolamentum*, parce que deux précautions valent mieux qu'une. Le cas de Sans Morlane, assez extraordinaire en lui-même, semblerait prouver qu'à cette époque-là il existait à Carcassonne un puissant parti cathare, soutenu par les consuls, les bourgeois et, sans doute, par la majorité de la population, qui savait se faire craindre et mettre ses membres, le cas échéant, à l'abri des poursuites inquisitoriales.

Sans Morlane est, à ma connaissance, le seul hérétique dont les cendres aient reposé en terre chrétienne et dont l'épitaphe soit visible dans une église catholique.

Tombeaux gothiques

Il y a, à Saint-Nazaire, deux tombeaux gothiques d'une conservation parfaite et d'une technique admirable : celui de Guilhèm Radulphe (ou Razouls : Raoul) et celui de Pierre de Roquefort, tous deux évêques de Carcassonne.

La chapelle Radulphe — indépendante de la cathédrale — se présente à l'intérieur comme un petit vaisseau gothique divisé en trois travées et terminé par une abside à trois pans. Le tombeau de l'évêque est face à l'autel et occupe toute la partie occidentale de l'édifice.

Guilhèm Radulphe, issu d'une famille très humble — son père était un serf attaché au fief de Beraigne dépendant de Carcassonne — fit toujours preuve de sentiments charitables. Il eut pitié des habitants du bourg et obtint qu'ils fussent établis définitivement dans le bourg neuf (la ville-basse). Il se montra également plein de sollicitude pour ses chanoines. C'est ainsi qu'il demanda à saint Louis l'autorisation d'empiéter sur la voie publique pour y construire la chapelle de leur infirmerie. C'est cette chapelle qui subsiste aujourd'hui. Comme elle se trouve à l'ancien niveau de l'ex-cathédrale romane, elle fut comblée à mi-hauteur, au niveau de la cathédrale gothique, quand celle-ci fut parachevée au XVIe siècle. C'est seulement en 1839 que, découverte et déblayée par Cros-Mayrevieille, elle a révélé, intact, le tombeau de son fondateur.

C'est une tombe plaquée inscrite dans une arcade gothique. Le sarcophage à une seule face est porté par trois élégantes colonnettes prismatiques. Le sculpteur a voulu représenter l'absoute des funérailles de l'évêque et, selon le procédé traditionnel, il a transposé sur une surface plane la scène qui, dans la réalité, était disposée en cercle. Le centre est occupé par le lit funèbre, l'officiant et les assistants. Un évêque, crossé et mitré, asperge le corps, tandis qu'un diacre lui relève le pan de la chape et qu'un clerc tient le bénitier. Le deuil est représenté par six personnages, deux au premier plan et quatre au second. On remarque, près du lit, une femme les mains jointes, coiffée du touret à mentonnière, qui doit être Adélaïs, la sœur de l'évêque. Le jeune homme, placé à sa droite, la main sous le menton dans l'attitude traditionnelle de la douleur, est peut-être Guilhèm, le fils d'Adélaïs. Le sommet de l'arcade est occupé par la représentation habituelle de l'âme, nue et asexuée, portée au ciel par deux anges dans une sorte de nappe.

Des deux côtés de ce motif central évoluent quatre personnages, sous trois arcades doubles, dont la rose centrale varie pour chacun d'eux, du trilobe à l'étoile à cinq branches. Tous sont représentés de profil, dans le même costume, la chape relevée sur le bras, et lisant leur bréviaire. Seules les coiffures diffèrent : calotte ronde pour les clercs, mortiers pour les dignitaires, aumusse pour les chanoines.

Une inscription au-dessus de la scène des funérailles rappelle sur trois lignes la fondation de la chapelle, la date de la mort de l'évêque (1266), et fait l'éloge de sa grande charité. Une large et superbe arabesque la couronne, sortant de la gueule d'un monstre et déroulant ses rinceaux végétaux, chacun d'une essence différente : érable, chêne, lierre, vigne. Dans la première volute, un chien poursuit un lièvre...

Enfin, surmontant le tout, se dresse l'effigie du défunt en haut relief, debout, grandeur nature, revêtu des ornements pontificaux et bénissant. La figure, plate, a malheureusement le nez cassé. Était-ce un portrait ou un type statuaire de l'époque ? Le vêtement est traité avec une vérité frappante et d'une façon minutieuse qui nous fournit de précieux renseignements sur les ornements liturgiques du XIIIe siècle : « sandales quadrillées, aube à double rangée de broderies disposées en cercles, tous variés, et faisant alterner la croix de Toulouse avec le lion, l'étoile à cinq branches et le sceau de Salomon ». De quoi faire rêver les amateurs de symbolique ! L'évêque tient dans sa main la crosse pastorale et ouvre à demi l'autre main comme pour donner la bénédiction. L'amict a son col brodé d'une guirlande, les gants portent une plaque perlée et la mitre basse ne s'orne que d'un galon à rosaces. La crosse a conservé son embout pointu et son voile enlacé en croix, mais elle a perdu son nœud et sa volute.

L'arc d'encadrement est terminé par une main bénissante sortant d'une manche brodée à fleurs, et par deux croix fichées et fleuronnées, avec l'agneau de rédemption ; le tout timbré des armoiries de l'évêque. L'ensemble de l'arcade est coiffé d'un gable à fleurons, crochets et sommiers ornés de gargouilles humaines.

Cette œuvre, très remarquable à tous points de vue, est une des dernières manifestations du style de sarcophage avec scène centrale, personnages sous arcades, titre et décor végétal telles que le tombier anonyme du XIIIe siècle avait pu les observer, sinon à Carcassonne, du moins à Narbonne. (D'après G. Mot.)

LE TOMBEAU DE PIERRE DE ROQUEFORT

Pierre de Roquefort fut évêque de Carcassonne de 1300 à 1322. A peu près tout l'œuvre gothique de Saint-Nazaire lui doit sa construction et sa décoration. Son tombeau se trouve dans la chapelle située entre le croisillon nord et la nef romane.

Le monument, en saillie de 0,40 m sur le mur du fond, mesure 5 m de haut; les trois niches ont une largeur égale de 1,20 m et sont divisées horizontalement en trois étages : statuettes sous arcature, statues et gables.

En bas se déroule la frise des statuettes, chacune s'abritant sous une arcade tréflée, cinq au centre et quatre de chaque côté. Elles mesurent 0,50 m de haut et ont toutes un habillement et une expression différente : ce sont les personnages de l'absoute, mais disposés en cercle dans la réalité, autour du défunt; les assistants ont été rabattus en ligne droite, dans la figuration, comme sur le tombeau de Radulphe. On y voit au centre le porte-croix et le porte-bénitier, tandis que les deux porte-flambeau, qui devraient les accoster, ont été reportés aux deux extrémités. L'officiant a été placé à côté de la croix, ne pouvant être mis de face, et les huit autres personnages se tournent moitié vers la droite, moitié vers la gauche, de façon à suggérer un cercle. Le deuxième personnage à droite et le cinquième à gauche sont deux prêtres en chape, coiffés d'une calotte, de profil, les yeux levés et les mains jointes. Deux chanoines — troisième à droite et deuxième à gauche — portent l'aumusse, les chapes gracieusement relevées, et leurs livres fermés. Un autre groupe de deux chanoines (cinquième à droite et troisième à gauche) sont vus de face, leur aumusse sur la tête, un livre fermé sur la poitrine. Enfin les deux chantres s'appuient sur leurs bourdons dont l'un a un pommeau rond et l'autre, un pommeau polyédrique.

Un décor végétal — un cep de vigne — sépare ce soubassement des trois grandes statues, chefs-d'œuvre de l'art gothique

PIERRE DE ROQUEFORT (Evêque de Carcassonne de 1300 à 1322) : dans sa niche, l'évêque revêtu de riches ornements tient sa crosse de la main gauche et bénit de la main droite. Sur la plaque ronde qui sert d'agrafe à sa chape est figuré un agneau avec un étendard, armes de la ville. Cliché D. Chaudoreille.

EGLISE ST-NAZAIRE : gisant en albâtre d'un prélat anonyme qui pourrait être Géraud du Puy (1413-1421). Cliché D. Chaudoreille.

en plein épanouissement, qui constituent le centre du monument. La plus belle, au centre, est celle de l'évêque, droit et majestueux, vêtu de ses ornements pontificaux et bénissant. Pour auréoler cette imposante figure, les deux pointes du trilobe de la niche sont ornées d'anges thuriféraires escaladant des nuages : ils sont malheureusement mutilés.

La deuxième statue, à droite de l'évêque, est l'archidiacre majeur, Pons de Castillon, représenté dans une attitude hiératique et portant l'évangéliaire sur la poitrine. Un dais polygonal à gables et pinacles protège sa tête. Son pendant, la troisième statue, à gauche, est celle de Gasc de Roquefort, proche parent et homme de confiance de l'évêque, dont il avait été le délégué à Paris, dans l'affaire des Templiers. Il porte la chape relevée sur le bras droit et retroussée de la main gauche. Le voile destiné à envelopper les objets sacrés descend majestueusement de la main sur la poitrine...

«Le triptyque est surmonté de trois gables, décorés de crochets et de fleurons sobrement feuillus, d'une rose centrale à six lobes encadrés aux angles par des trilobes. Les trois pinacles intercalaires continuent l'ascension des verticales et meublent le mur du fond.» (G. Mot.)

Deux autres statues, placées de chaque côté de l'autel, complètent le décor de la chapelle. Elles font face au tombeau et concourent aussi à la glorification du fondateur puisqu'elles représentent son saint patron Pierre et saint Paul. Elles sont grandeur nature, droites, symétriques, pareillement vêtues (robe et manteau). Saint Pierre a la barbe et les cheveux frisés et une expression franche et naïve. Saint Paul offre l'image d'un clerc distingué, avec son vaste front, ses cheveux tombants, sa barbe cannelée... Deux grands dais, répliques de ceux du tombeau, abritent ces sculptures.

Les deux statues sont, semble-t-il, d'une époque postérieure à celles du tombeau et des piliers du chœur. «Par l'originalité de l'expression et le pittoresque des draperies, elles semblent s'acheminer vers le style des étonnants apôtres de Rieux de Toulouse.» (A. Michel) De toute façon, elles sont plus «françaises» que méridionales : elles trahissent, comme les vitraux de la cathédrale, l'influence des maîtres d'œuvre du Nord que le triomphe de la monarchie et la prospérité succédant aux malheurs de la guerre civile avait maintenant attirés dans le Midi.

Les vitraux

Ces vitraux, justement célèbres, ont été bien étudiés par les archéologues locaux, Gaston Jourdanne, le chanoine Cals et, surtout, Gustave Mot à l'ouvrage duquel nous emprunterons la substance de cette rapide description (G. Mot : *Les Vitraux de Saint-Nazaire,* 1954).

Ils furent installés au XIVe siècle, grâce à la munificence de l'évêque Pierre de Roquefort (1300-1322) et de Philippe le Bel, dont les armes timbrent encore les clés de voûte et les remplages des fenêtres. Au XVIe siècle, les évêques Pierre d'Auxillon et Martin de Saint-André en substituèrent de nouveaux, plus conformes au goût de leur époque, à ceux qui menaçaient ruine. Ils remplacèrent notamment les scènes à petits sujets des deux fenêtres du chœur par de plus vastes compositions à grands personnages.

L'ensemble de la vitrerie eut beaucoup à souffrir de la Révolution et, quand Viollet-le-Duc, en 1850, entreprit la restauration de l'édifice, il manquait les vitraux de six ouvertures. Les neuf qui restaient prirent le chemin de Paris où les frères Gérente furent chargés de les restaurer et de reconstituer les parties détruites. Comme, dans le même temps, on restaurait également les grandes roses de Notre-Dame de Paris, les mauvaises langues ne manquèrent pas d'insinuer que bien des morceaux authentiques de Saint-Nazaire avaient été retenus pour Notre-Dame et que Carcassonne n'avait reçu, en retour, que des copies. Je ne sais ce qu'il faut en penser. Même s'il est exact que trente pour cent de la vitrerie est moderne, il reste encore, à Saint-Nazaire, de quoi faire l'admiration des connaisseurs. Au début de 1940, en prévision d'éventuels bombardements, les vitraux anciens furent déposés dans la crypte de l'abbaye d'En-Calcat, à Dourgnes. Après un simple lavage et une remise en plomb, ils furent réinstallés à Carcassonne en 1950.

Les roses

La rose du transept nord est du XIVe siècle. Elle se compose d'un œil central quadrilobé de douze pétales subdivisés en deux, terminés par un trilobe et douze écoinçons trilobés. L'alternance des rouges, des verts et des bleus donne une harmonie d'ensemble violacée, froide et profonde. Pour trouer cette obscure clarté du violet, les trilobes écoinçons sont jaunes avec décoration florale.

Le Couronnement de la Vierge, avec anges thuriféraires, qui occupe la partie centrale du vitrail, est moderne, et nous ne savons pas quel en était le sujet primitif. En dépit de cette refaçon partielle qui détonne un peu, cette rosace, d'une rare beauté, paraît dans son ensemble plus ancienne que son vis-à-vis : son coloris rappelle beaucoup celui du XIIIe siècle et fait songer aux gemmes de Chartres.

La rose du transept sud offre un tracé et un coloris tout différents. Ses douze grands pétales rayonnent, mais chacun se subdivise en trois lobes plus un quadrilobe; au total on a douze petits pétales au-dessus du centre et vingt-quatre au-dessus de ces derniers : la fleur a ainsi deux zones concentriques de follicules trilobés. Les tons chauds et clairs y prédominent. L'alternance des quadrillés bleus aux losanges rouges perlés d'or avec les quadrillés rouges aux losanges bleus perlés de vert donnerait une note plus banale si le maître verrier n'avait su rompre la relative atonalité de l'ensemble par deux zones blanches concentriques qui reposent l'œil et font paraître la fleur en creux.

Nous ne savons pas, ici non plus, ce que représentait primitivement la rose centrale. Comme on avait supposé, lors de la restauration, que celle du nord était consacrée à la Mère, on admit que la rose méridionale devait l'être au Fils. On a donc imaginé un Dieu de majesté. Pour garnir les écoinçons nouvellement ouverts, on a figuré les saints Pierre et Paul, patrons de l'évêque fondateur, et deux couples d'anges céroféraires et thuriféraires (de facture et de couleurs modernes).

Le chœur

Nous nous trouvons en présence des cinq grandes baies de l'abside. Celle du centre — treillis rouges sur fond bleu — paraît plus ancienne qu'elle n'est en raison de l'usure causée par les intempéries : elle est du XVIe siècle. Elle a pour thème la vie du Christ dont elle retrace en seize panneaux les principaux événements, de l'Annonciation à la Déposition de Croix. Les trois tri-

DESSIN DE VIOLLET LE DUC (Eglise St-Nazaire). Coll. Bibliothèque nationale

lobes terminaux représentent Jésus ressuscitant et la résurrection des morts. Le septième panneau mérite une attention particulière à cause du costume d'Hérode, très typique, et des cottes de maille dont sont revêtus les soldats.

La fenêtre de droite évoque la vie des patrons de l'église : les saints Nazaire et Celse. Les premiers panneaux du bas sont modernes et nous offrent une vue stylisée de Milan et de Cimiez, patries respectives des deux martyrs, tandis que les quatorze autres retracent leur vie. Saint Nazaire prêche les Romains, visite Gervais et Protais en prison, est bâtonné, reçoit saint Celse, le baptise. Ils sont tous deux emprisonnés, paraissent devant Néron, sont jetés au fleuve, retournent à Milan, sont décapités, enterrés. Leurs reliques sont retrouvées et enfin vénérées.

La fenêtre de gauche est réservée à la vie des saints Pierre et Paul, patrons de Pierre de Roquefort. En huit tableaux la partie gauche illustre la vocation de Pierre, la remise des clefs, la guérison de sa belle-mère, la mission de Paul et Barnabé, l'arrestation, la délivrance, la comparution devant Néron, le crucifiement. Sur la partie droite, saint Paul est terrassé, entre à Damas, reçoit le baptême, accueille les visions divines, visite Pierre, fait naufrage, comparaît devant l'Aréopage, est décapité.

A droite et à gauche de la baie centrale les verrières sont d'un tout autre style. Les évêques d'Aussillon et Saint-André (XVIe siècle) remplacèrent les vitraux du XIVe siècle, vétustes et endommagés, par d'autres dont les sujets étaient davantage au goût du jour. On a placé à gauche les titulaires de l'église. En bas, saint Nazaire tend à Celse, présenté par sa mère, la palme du martyre qui lui est promis. Les trois personnages sont richement vêtus comme au temps de Louis XII. Au-dessus, les deux évêques de Carcassonne, saint Hilaire et saint Gimer, étaient représentés sous les traits de l'oncle et du neveu siégeant alors à la Cité ; mais comme les têtes furent refaites au XIXe siècle, nous ne connaîtrons jamais leurs portraits exacts. On notera, enfin, le décor architectural somptueux et déjà de style renaissance : colonnes, clochetons, niches, dais — dans lequel s'inscrivent ces opulents prélats.

La fenêtre d'en face, et symétrique de celle de gauche (côté

Épitre), est également du XVIe siècle. Son décor s'inspire de la légende des saints Joachim et Anne. (On sait que l'église possédait parmi ses reliques insignes la main de sainte Anne et une confrérie de ce nom dont Catherine de Médicis a fait partie.) Trois épisodes : dans les remplages du haut Joachim est en méditation au milieu de ses troupeaux ; dans la scène du dessous nous assistons à la naissance de Marie ; plus bas encore : les deux époux présentent leur enfant au temple. Les évocations architecturales trahissent le gothique finissant, mais les deux meubles des blasons épiscopaux, la roue d'Auxillon (1417) et l'étoile de Saint-André (1512) qui signent la verrière ne laissent aucun doute sur son appartenance au début du XVIe siècle.

Sortant du chœur et revenant au transept, nous voyons, à gauche, la première grande fenêtre. Elle est consacrée à la Vierge et au thème de l'arbre de Jessé (la généalogie du Christ). La décoration consiste en vingt-quatre panneaux occupés chacun par un personnage. Au bas et au centre la souche de l'arbre naît des flancs du patriarche Jessé endormi et se développe en portant les sept principaux ancêtres : David, Salomon, Roboam, Abias, Azam, Josaphat et Joram. De chaque côté, au niveau de chaque ancêtre, seize prophètes regardent les générations monter et leurs noms se déploient sur des phylactères. L'esprit de Dieu et ses dons, dans la pointe de la baie, survolent la fleur de Jessé tandis qu'au-dessous, le rejeton suprême, le Fils en majesté, préside à la résurrection générale. Réveillés par les trompettes des Anges, les morts se dressent pour être jugés. Comme le souligne Gustave Mot, la profondeur et l'intensité des bleus et des rouges confère à cet ensemble une tonalité rappelant les plus beaux morceaux du XIIIe siècle.

A droite, le pendant de cette belle verrière, dans la chapelle Sainte-Croix, est encore plus remarquable. C'est sans doute le chef-d'œuvre de la vitrerie de Saint-Nazaire, et peut-être de tout le XIVe siècle.

Sous la même division en triptyque, c'est encore un arbre mystique qui s'épanouit ici : l'arbre de vie, dans une admirable transposition en formes et en couleurs du *Lignum vitae* de saint Bonaventure. Le tronc central s'élève, orné de feuilles, d'oiseaux, de nids, d'insectes et lance ses fortes branches en accolades où sont inscrites les têtes de chapitre du Traité honorant la vie, la mort, la résurrection du Christ ; et ces branches portent chacune un fruit qui est une vertu. Vers le haut, cloué sur l'arbre, un grand crucifix forme le centre de la composition et donne la clé de la figure : c'est le Christ qui est le Bois de Vie ! Au dernier fleuron de l'arbre, le Saint Esprit énonce ses sept dons.

Gustave Mot a rendu compte dans son ouvrage *(Les Vitraux de Saint-Nazaire)* d'une anomalie assez ennuyeuse. Lors de la restauration de 1853, on a composé à contre-sens les panneaux du bas, qui manquaient. Se basant sur des traces de flot qui étaient restées visibles, l'atelier de Gérente a cru qu'il s'agissait du déluge et il y a fait flotter l'arche de Noé. Pour respecter la symétrie, il a placé en face une autre arche — d'alliance, naturellement — « et pour faire naître l'arbre il n'a pas cru trouver de meilleur terrain que le paradis terrestre, et de meilleurs jardiniers qu'Adam et Ève croquant la pomme sous les yeux du serpent. Sans s'en douter le maître verrier du XIXe siècle a transformé l'arbre de vie en arbre de mort. Très certainement ces flots vus par Gerente n'étaient que les vestiges des quatre fleuves qui s'épandaient de la source de vie, fécondant la terre d'où jaillissait l'arbre de vie, dans l'enceinte de la Cité céleste, comme l'indique saint Bonaventure d'après l'*Apocalypse.* »

Souhaitons que ces derniers panneaux disparaissent et soient remplacés par une composition plus en harmonie avec l'ensemble de cette verrière, la seule, croyons-nous, qui présente au XIVe siècle une telle page de théologie, et si bien enluminée.

Pour être complet, il faudrait signaler encore la petite rose éclairant le tombeau de Pierre de Roquefort. Le nombre trois paraît y avoir été employé systématiquement pour rendre un hommage symbolique à la Trinité dont la fête venait d'être instituée par Jean XXII (XIVe siècle) : il y a trois personnages répétés trois fois sous trois couleurs différentes (le rouge, le bleu et le jaune).

De l'autre côté de la nef, dans la chapelle P.-Rodier, subsiste encore une rose et un panneau du XIVe siècle, avec grisailles, écussons épiscopal et royal. Mais l'éclat et l'harmonie du vitrail ont disparu.

EGLISE SAINT-NAZAIRE ET SAINT-CELSE. L'église se compose dans sa forme actuelle de trois nefs et de sept travées et se divise en deux parties bien distinctes, l'une romane (XIème siècle), l'autre gothique (XIIIème siècle) réunion de deux styles symbolisant la conquête du Midi par le Nord. Cliché D. Chaudoreille.

EGLISE ST-NAZAIRE : détail de la corniche à modillons -têtes grimaçantes d'hommes et d'animaux- située au-dessus de l'entrée principale de l'église. Cliché D. Chaudoreille.

Les verriers anonymes des XIVe et XVIe siècles qui nous ont laissé de si belles choses, on aimerait savoir qui ils étaient et d'où ils venaient. Il est certain qu'ils étaient originaires des pays d'oil et qu'ils ont été appelés dans le Midi avec quelque retard. C'est ce qui explique que les vitraux du XIVe siècle donnent parfois l'impression d'être du XIIIe. Quoi qu'il en soit, ils représentent, à Saint-Nazaire, l'un des derniers reflets de la belle époque du vitrail dont la verrière du *Bois de Vie* est sûrement l'expression la plus achevée.

Les orgues

Nous ne pouvons pas quitter Saint-Nazaire sans parler de son orgue, presque aussi célèbre que ses vitraux. On affirme qu'il est le plus ancien que l'on connaisse en France. Il existait, selon Gaston Jourdanne, au moment où Martin de Saint-André devint évêque de Carcassonne (1522). «Il fut restauré aux frais de Vitalis de l'Estang (1621) par Jean de Joyeuse, le plus célèbre facteur de l'époque, et, en 1722, le *positif* fut avancé par Cavaillé, ancêtre des Cavaillé-Coll actuels» (écrit en 1900). Sur la lourde arcature moderne qui le supporte — et qui doit, paraît-il, disparaître — l'abbé Falcou avait fait placer, en 1890, le blason de l'évêque De l'Estang (d'après G. Jourdanne).

Aujourd'hui l'orgue n'est plus à Carcassonne. Il fait l'objet d'une restauration complète et demeurera, de ce fait, pendant un certain temps absent de la cathédrale. La direction des Monuments historiques envisage de le réinstaller d'une façon plus rationnelle et plus authentique.

A l'ombre des murailles...

Le roi de France possédait dans la Cité de nombreuses demeures «de fonction» dont l'historien Besse a retenu pour nous les noms évocateurs : les maisons du Connétable, du Trésorier royal, du Juge-mage, du Maître charpentier du roi, le «Consistoire de la cour du Conestable et capitaine de la dite cité» et le Cléricat (qui dépendait du château où habitait le sénéchal). Malheureusement il n'est pas possible de reconnaître ces divers logis et il faut se résigner à admirer les belles ou curieuses façades qui subsistent sans trop essayer de les identifier avec celles dont parle Besse.

Dans la rue Cros-Mayrevieille, près de la porte Narbonnaise, on voit toujours la statue de Notre-Dame de Bon-Voyage que le sieur Lavény, bourgeois du XVIe siècle, avait fait installer dans une niche sur la façade de sa maison. C'est également dans le voisinage de cet immeuble, très remanié au cours des âges, à l'endroit qu'on appelait alors «le coin Notre-Dame», que Besse avait cru remarquer, au XVIIe siècle, les vestiges d'un temple romain consacré, selon la tradition locale, à Apollon. Y avait-il repéré des restes de colonnes, les éléments d'un fronton ? C'est possible. L'érudit Joseph Poux n'était pas loin d'admettre qu'il s'agissait peut-être là des restes informes d'un prétoire. Des fouilles bien menées pourraient seules nous éclairer sur ce point...

En face de la barbacane du château comtal s'élève une élégante demeure du XVIIe siècle, à allure de petit manoir, composée en réalité de deux corps de logis séparés qui n'ont été réunis qu'à une époque relativement récente. La tradition locale veut que dans sa partie la plus ancienne elle ait abrité, au XIIIe siècle, le troubadour Mir Bernat. Une plaque apposée sur la façade rappelle que les romanciers Pierre et Maria Sire y ont passé la plus grande partie de leur vie, dans les années 30 et 40. Amoureux de leur petite ville dont ils connaissaient tous les secrets archéologiques et folkloriques, ils avaient fait de cette maison — si accueillante aux amis — le rendez-vous des poètes et de artistes. Chaque année, pour les fêtes du 14-Juillet, l'équipe des *Cahiers du Sud,* avec Jean Ballard et Gabriel Bertin, à laquelle se joignaient Ferdinand Alquié et Henry Féraud, descendait à Carcassonne pour saluer Joë Bousquet. Le soir, tout le monde se retrouvait chez Pierre et Maria Sire. Et c'étaient alors des entretiens, des discussions passionnées qui se prolongeaient tard dans la nuit. Parfois l'on voyait surgir à l'improviste quelque écrivain de passage, André Gaillard, Paul Éluard, ou Louis Aragon...

La maison a été restaurée récemment et avec beaucoup de goût par son propriétaire actuel, M. Henry Tort, neveu de Pierre Sire et professeur à Paris. M. et Mme Tort y continuent les traditions de courtoisie et de bon accueil qui en avaient fait un des hauts lieux de la culture occitanienne.

On ne sait plus où était situé exactement le palais des évêques. Il ne devait pas être très éloigné de l'église Saint-Nazaire ni de la

VIEILLE RUE DE LA CITÉ, RUE CROS-MEYREVIEILLE. Historien local et érudit archéologue, né le 31 août 1810, qui fut à l'origine de la restauration de la Cité. En 1587, cette rue était connue sous le nom de ''rue tirant de la porte Narbonèze au Castel'' et en 1757 ''rue tirant de la porte Narbonnaise à la place Royale''.
Coll. H. Alaux.

«tour de l'Évêque», puisqu'en 1280 Philippe le Hardi décida que l'évêque de Carcassonne posséderait quatre fenêtres à ouvrir dans le rempart alors en construction et qu'il aurait la jouissance d'une tour, mais sans pouvoir aboutir au chemin de ronde supérieur. Les quatre fenêtres sont visibles aujourd'hui dans le rempart. Mais il n'est pas sûr que la tour jadis concédée à l'évêché ait été celle qui porte actuellement ce nom. On pense plutôt à la tour de l'Inquisition dont certaines salles ont bien pu servir de prison à des condamnés ecclésiastiques.

Il semble d'ailleurs que le tribunal de l'Inquisition n'ait jamais siégé dans cette tour, mais dans le logis qui existe encore au premier coin à droite en entrant dans la Cité par la porte d'Aude, et dont il est question dans un acte de 1704.

Il n'y a peut-être pas une seule maison de la Cité dont on ne puisse espérer la révélation de quelque secret. Il est évident qu'elles reposent toutes sur un sol pétri d'histoire et il y aurait intérêt, en fouillant les caves, à atteindre le niveau des plus anciennes civilisations. On a trouvé récemment, sous un rez-de-chaussée, des objets gallo-romains et des vestiges proto-historiques. Beaucoup de caves contiennent des puits, de vieilles voûtes qui sont restées intactes quand les façades s'écroulaient ou étaient modifiées. Pierre Sire, dans son *Folklore de la Cité*, a noté comme étant l'une des raisons de la dégradation rapide des maisons de la Cité — avant l'ère touristique actuelle — le fait que les enfants se partageaient, à la mort du père, l'immeuble dont ils héritaient. L'un devenait possesseur d'un étage, l'autre du rez-de-chaussée, l'autre de la cave. Alors s'établit une coutume selon laquelle la réparation de la toiture incombait à celui qui possédait la cave. Mais souvent ce dernier se soustrayait à cette obligation.

Un citadin nous a rapporté le cas suivant : un de ses parents possédait la cave et une partie du rez-de-chaussée d'une maison sise place du Grand-Puits. C'était lui qui devait veiller à l'entretien de la toiture. Quoiqu'il fût maçon de son état, il refusa toujours de faire les réparations nécessaires. De sorte que la maison finit par tomber en ruines et entraîna la chute de la maison voisine.

Les places de la ville du passé n'ont point trop changé

d'aspect depuis le XIIe ou le XIIIe siècle, et elles parlent beaucoup à l'imagination. La place du Plô est le point culminant du plateau de la Cité. On y a construit en 1895 un château d'eau qui la dépare un peu. Mais on y voit toujours le «petit puits» — ou «puits du Plô» — dont les gamins font grincer la poulie, usée par les siècles mais toujours de service.

Le Grand Puits, près du château, nous retiendra plus longtemps. Il enfonce sa bâtisse en moellon jusqu'à douze mètres sous terre : au-dessous, il est creusé dans le roc. Sa profondeur totale est de 39,435 m et son diamètre de 3,60 m. Il a conservé sa margelle ancienne, ses colonnes et ses ferrures (XVIe siècle).

Ce monument vénérable — ne dit-on pas qu'il est l'œuvre des Romains — a toujours fait l'objet de nombreuses traditions, dont certaines avaient cours il y a peine cinquante ans. La plus ancienne veut que les Goths, effrayés par la venue d'Attila, aient caché leurs trésors dans les souterrains les plus vastes de la Cité, ou dans des grottes merveilleuses gardées par des fées, auxquels il donnerait accès. On eut beau y faire des fouilles, notamment en 1808 où la municipalité le fit vider complètement, on ne parvint jamais à tarir... la légende. En 1941 les Allemands ne purent pas résister, eux non plus, à la tentation de voir ce qu'il y avait dedans. Ils n'y trouvèrent que des monnaies et quelques pointes de flèches...

D'autres récits merveilleux ont une origine plus récente et s'inspirent d'un folklore qui n'est pas spécial à la Cité. Le puits serait la demeure d'un curé maudit qui, lorsque sonne la messe de minuit, à la Noël, s'agite dans son cachot où il est enfermé pour n'avoir pas dit les messes dont il a reçu le prix durant sa vie. Je connais des personnes qui affirment avoir perçu des gémissements...

C'est encore dans ce puits que Satan aurait précipité sept archers qui avaient médit des apôtres et du bienheureux saint Gimer. Étant en liesse dans les rues de la ville pendant la nuit, ces mécréants rencontrèrent un âne couvert d'une riche housse. Ils s'en emparèrent et, l'un après l'autre, montèrent sur son dos. Or l'animal s'allongeait à mesure qu'ils prenaient place, si bien qu'ils purent tous s'asseoir dessus. Alors la riche housse se changea en drap funéraire et l'étrange monture prit le galop. Après une station au cimetière où les tombes se soulevèrent, laissant

LE GRAND PUITS, ou "le puits das Fados" (le puits des fées). Ce puits célèbre dans la région, était pour certains habité par des esprits, pour d'autres il recelait l'entrée des souterrains de la Cité. Cliché D. Chauoreille.

passage aux trépassés qui entonnèrent un chant funèbre, l'âne, qui n'était autre que Satan, se dirigea vers le grand puits et plongea dans ses profondeurs, entraînant les sept archers qui, désormais, lui appartiennent.

Au XVIIe siècle un poète anonyme avait composé sur ce puits fabuleux un poème en occitan que l'historien Besse nous a conservé dans son livre. C'est le seul ouvrage d'un Carcassonnais de cette époque qui nous soit parvenu dans cette langue. Aussi, lorsqu'en 1790 le fameux abbé Grégoire demanda aux patriotes de le renseigner sur l'état des idiomes provinciaux et des patois, le Club des amis de la Constitution, de Carcassonne, répondit à sa « circulaire » en lui en adressant le texte, ainsi qu'une copie de la comédie de *Jammeta* (dont il ne reste que des fragments).

Voici les deux strophes finales de cette ode au *grand potz du Ciutat*, écrite dans le plus pur style baroque de l'époque :

L'aiga aqui raja de pertot,
La peira ris de son degot ;
Tot i par dins qualque alegresa,
E diriatz a veser le lóc
Que la qu'es de la mar princessa
Es nascuda dins aquel róc.

Atanben, dedins sa grandor
E dins sa larja profondor
Que trauca la terra a son cèntre,
Diriatz qu'asseguradament
Son sortidas d'aquel grand vèntre
Nostras tors tot entieramant.

(L'eau ici ruisselle de partout,
La pierre rit en gouttes qui tombent :
Tout y paraît dans quelque allégresse,
Et l'on dirait, à voir ces lieux,
Que celle qui est princesse de la mer
Est née dans le creux de ce rocher.

*Aussi dans sa grandeur
Et dans sa large profondeur
Qui troue la terre en son centre,
Vous diriez que, sans aucun doute,
Sont sorties de ce grand ventre
Toutes nos tours, entièrement.)*

II
LA VILLE BASSE

Les bastions

On sort de la Cité par la porte Narbonnaise en traversant le faubourg de la Trivalle, ou bien par la porte d'Aude, et on rejoint alors la ville basse par le faubourg de la Barbacane. On a le choix entre le Pont-Neuf et le Pont-Vieux. Plus pittoresque, le Pont-Vieux, dont les fondations sont peut-être romaines, date de la deuxième moitié du XIIIe siècle.

On dit que le vicomte de Carcassonne, après avoir projeté de construire un pont sur la rivière d'Aude, fit vœu d'élever un sanctuaire à Marie s'il menait son entreprise à bonne fin. Ce sanctuaire, placé sous le vocable de Notre-Dame de la Santé, existe toujours au bout du Pont-Vieux. Au XIVe siècle il servait de chapelle à l'hôpital qui se trouvait à proximité de l'actuelle maternité. Remanié à plusieurs reprises, il se présente aujourd'hui, après restauration, comme un petit bijou de style gothique flamboyant. La Révolution ne l'épargna point : elle enleva la madone du XVIe siècle et décapita l'Enfant-Jésus. La madone fut miraculeusement retrouvée, la tête de l'Enfant-Jésus aussi et, depuis 1857, la statue vénérée a repris sa place dans la chapelle.

La ville-basse conserve encore deux bastions de son enceinte hexagonale du XVIe siècle, qui en comptait quatre. Le bastion Montmorency (à l'angle du boulevard Camille-Pelletan et du boulevard du Commandant-Roumens) porte le blason très

LE MOULIN DU ROI. Désigné au XIIIème siècle dans le rapport du sénéchal de Carcassonne à la reine Blanche sur l'occupation du faubourg de Graveillant (Barbacane), le Moulin du Roi à cette époque bâtisse fortifiée communiquait par un souterrain avec la grande Barbacane bâtie par Saint Louis. Coll. H. Alaux.

LES BLANCHISSEUSES ou "Bugadières" du Pont Marengo. Coll. H. Alaux.

effacé de cette famille illustre. Il n'offre rien de bien remarquable, sinon tout un système de casemates, soutes, chambres de mines et contremines, et des galeries qui débouchaient autrefois dans les fossés par des poternes. A la fin du XVIIIe siècle — ou au début du XIXe — une loge maçonnique tint ses séances dans ces souterrains mystérieux à souhait et aménagea même une casemate en «chambre de réflexion». On y voit des fresques assez bien conservées représentant des sujets ou des symboles initiatiques : un squelette gisant, des crânes, des tibias entrecroisés et l'inscription redoutable : «Si tu veux vaincre la mort, tu sortiras du sein de la terre, tu reverras la lumière et tu auras droit à la révélation des grands mystères!» La tradition locale attribue ces peintures à Jacques Gamelin (1738-1802), artiste carcassonnais fort remarquable. Je croirais plutôt qu'elles sont l'œuvre de son fils qui portait le même prénom que lui, mais n'avait pas son talent.

L'autre bastion (boulevard Commandant-Roumens) s'appelait autrefois la tour Grosse, ou tour des Moulins, parce qu'elle était dotée de plusieurs moulins à vent. Peut-être pour faire concurrence au bastion Montmorency dont les souterrains maçonniques avaient fâcheuse réputation, une confrérie religieuse se fit concéder la tour Grosse au début du XIXe siècle pour y établir un monumental chemin de croix et un saint sépulcre. Ce jardin — dit du Calvaire — envahi par une végétation luxuriante et qui s'accroît, d'année en année, d'essences rares apportées par les quatre vents, est devenu sauvage et un peu surnaturel. C'est un des lieux les plus charmants de Carcassonne. Les poètes et les amoureux en appréciaient naguère le silence et la paix. Il est regrettable qu'en raison des actes de vandalisme qui s'y commettent, il soit presque toujours fermé et qu'on ne puisse le visiter qu'en demandant la clef à la mairie.

En remontant la rue Mage

La rue Mage ou Grand-Rue (aujourd'hui rue de Verdun) est une des deux grandes artères qui se croisent au centre de la ville, près de la place Carnot (l'autre étant la «rue de la Gare»). Au numéro 1, sur la gauche, s'élève l'ancien Palais de justice, édifié entre 1693 et 1699, après que le Présidial eut été transféré dans la ville-basse. La façade ancienne, celle de la Grand-Rue, nette

CARCASSONNE. - Tramways de l'Aude

et sobre, ne manque pas de noblesse ; celle qui donne sur le boulevard, terminée en 1900, est beaucoup moins réussie. Ces bâtiments abritent aujourd'hui le musée et la bibliothèque. Le musée, réorganisé depuis quelques années par M. Descadeillas, mérite une visite attentive. Il contient de bonnes toiles des XVIIe et XVIIIe siècles — notamment une nature morte de Chardin —, une remarquable collection de peintres hollandais — dont un très beau Van Goyen — et beaucoup d'œuvres des peintres carcassonnais Gamelin et Laugé. A quoi il faut ajouter une série d'objets se rapportant à André Chénier et à sa famille. La bibliothèque — cent mille volumes environ — conserve des manuscrits rares dont le plus précieux est sûrement l'exemplaire unique du *Roman de Flamenca* (XIIIe siècle) en quoi on s'accorde à reconnaître le chef-d'œuvre de la poésie romanesque — française et occitane — du Moyen-Age, et diverses liasses d'autographes intéressant à la fois l'histoire locale et l'histoire nationale : le fonds Cornet-Peyrusse, et surtout le fonds André Chénier, où figurent quatorze lettres autographes du poète.

L'immeuble situé en face du musée était autrefois la geôle. Sous l'Ancien Régime, les prisonniers de droit commun... et les protestants s'y entassaient, hommes et femmes, dans une promiscuité répugnante. Elle communique avec le Présidial par un souterrain qui passe sous la rue. Au XIIIe siècle il existait au même endroit une sorte de châtelet doublant l'enceinte de la ville, lequel fut englobé par la suite dans les locaux pénitentiaires. Il en subsiste une belle porte ogivale, fort bien conservée, parce qu'elle a été longtemps dissimulée sous une cloison séparant deux pièces de l'immeuble moderne...

L'AUBERGE DU LION D'OR

Si l'on remonte la Grand-Rue, on remarque non loin du musée, sur la gauche, une chapelle moderne, sans intérêt, édifiée par les dominicaines vers 1860 et fermée depuis 1871. C'est aujourd'hui l'école de danse Ginette Bastien. Au XVIIIe siècle cet emplacement et tout le Carron étaient occupés par l'auberge du Lion d'or dont l'entrée principale se trouvait rue Aimé-Ramon. Le porche par lequel pénétraient les carrosses et la cour où ils se rangeaient existent toujours, ainsi que des bâtiments de l'époque.

Le 29 juin 1777 cette auberge reçut un hôte particulièrement illustre : Joseph II, empereur d'Allemagne, voyageant alors en France sous le nom de comte de Falkenstein. Une courte et curieuse relation de son passage dans notre ville figure dans les registres paroissiaux. Elle est de la main de l'abbé Philippe Samary, né à Carcassonne le 5 février 1731 et curé de l'église Saint-Nazaire de la Cité. Trop oublié aujourd'hui, cet abbé, qui avait alors quarante-cinq ans, était un homme de grand savoir et un excellent écrivain occitan. « L'empereur est arrivé à la ville basse à neuf heures du soir, a logé et couché à l'auberge du Lion d'or d'où il est parti le lendemain à quatre heures du matin pour Toulon et Marseille. Il avait refusé tous les honneurs qu'on voulait lui rendre, sa Majesté impériale voulant garder l'incognito. Il n'a voulu donner audience à qui que ce fût, excepté à M. le Major de la Cité, qui avait pour cela des ordres de la cour de France... »

Or l'empereur reçut aussi Samary. Et cela ne doit pas trop surprendre. L'abbé passait pour fort bien renseigné sur l'état des esprits en France et il jouait dans la franc-maçonnerie méridionale un rôle de tout premier plan. L'empereur, franc-maçon lui-même et féru d'illuminisme, devait avoir fort envie de s'entretenir avec lui. Nous ne saurons jamais ce que se dirent, le 27 juin 1777, le curé progressiste qui, si l'on en juge par son évolution politique ultérieure, était tout à fait acquis aux idées nouvelles, et le despote éclairé qui, lui non plus, ne se montrait pas hostile aux réformes raisonnables et songeait même à subordonner plus étroitement l'Église à l'État. Tout porte à croire que leur entretien roula sur l'avenir du peuple français, sur l'imminence d'une révolution dont tous les bons esprits percevaient les signes avant-coureurs, sur les dangers qu'il y aurait à refuser plus longtemps à la nation les réformes et la liberté que réclamaient pour elle les philosophes...

Les années passèrent. Philippe Samary fut élu député du clergé pour la sénéchaussée de Carcassonne à l'Assemblée nationale (1789). Deux ans plus tard, le 14 juillet 1791 — troisième année de la liberté — il prononça au Mas d'Azil, sur l'autel de la Patrie, un discours en langue d'oc resté célèbre *(Discors prononciat sur l'autar de la Patria)* où il ne cache pas ses sentiments profondément républicains.

Joseph II mourut en 1790. Il ne vit pas les terribles événements qui suivirent en France la conquête de la liberté et de l'égalité : en 1793 Marie-Antoinette, l'«Autrichienne», sa propre sœur, sera guillotinée quelques mois après que le roi Louis XVI...

L'abbé Samary traversa le plus tranquillement du monde la Révolution qu'il avait appelée de ses vœux, et la Terreur, dont il n'approuva sans doute pas les excès. Il mourut à Carcassonne le 8 novembre 1803. L'auberge du Lion d'or était toujours aussi renommée, mais elle ne recevait plus que les sans-culottes montés en grade et les bourgeois triomphants...

Au numéro 34 de la rue de Verdun, on aura la surprise, si l'on pénètre dans la cour intérieure de la maison Perxachs, d'y voir s'élever une magnifique «tour de viguier» aux lucarnes ornées de figurines sculptées, très représentative du style Louis XII. Elle abrite l'escalier, très soigné, dont la main courante est ménagée en creux dans la paroi. Ces tours de viguier — une dizaine environ réparties surtout dans la Grand-Rue et dans l'ancienne rue de la Pélisserie (rue Aimé-Ramon) — sont invisibles de l'extérieur. Mais quand on contemple la ville-basse du haut du clocher de Saint-Vincent, on les voit se dresser au-dessus de la masse des maisons qu'elles dominent — et qu'elles dominaient davantage au XVe siècle, où les logis n'avaient souvent qu'un étage. Sur un vieux plan qui date de 1462 elles donnent à Carcassonne, toutes proportions gardées, un air de ressemblance avec la Florence de la même époque, toute hérissée de tours seigneuriales.

Hexagonales à l'extérieur, rondes à l'intérieur, elles s'élèvent sur trois étages de hauteur différente que couronnent une terrasse à gargouilles et un crénelage décoratif sous un toit de tuiles rouges du plus bel effet. Leur architecture fait transition entre le gothique finissant et la Renaissance qui s'annonce déjà.

Quittons un instant la rue de Verdun pour jeter un coup d'œil sur une maison semblable sise au coin de la rue Aimé-Ramon (n° 31), toute voisine, et de la rue Jean-Bringer (ancienne traverse des Cordonniers). On la reconnaîtra facilement à l'encoignure à clocheton du XVe siècle qui est restée en place, bien que la façade donnant sur la rue Jean-Bringer ait été modernisée.

Par le passage voûté de la rue Aimé-Ramon on accède à la cour intérieure du vieil hôtel. La tour du viguier en occupe l'angle, avec son large escalier dont chaque marche est constituée par une seule dalle. Elle ouvre sur le palier des deux étages, par des portes ornées, et sur la cour par de grandes fenêtres du XVe siècle. Il n'y a pas très longtemps les fenêtres les plus hautes conservaient encore des fragments de vitraux sertis de plomb d'une belle couleur vert d'eau. Au pied de la tour on voit encore un petit puits extérieur.

Cet hôtel, appelé autrefois la Maison de la Parerie, appartenait au XVIIIe siècle à Pierre Vallon, marchand drapier, dont la femme était née Marie Chénier. Pierre Vallon, personnage alors très influent dans sa corporation, avait conseillé à Louis Chénier, le père d'André Chénier, de partir pour Constantinople au service de la maison Lavabre et Dussol, de Marseille, qui exportait au Proche-Orient les draps du Languedoc, et il s'était entremis, vers 1742, pour le faire agréer (d'après Géraud Venzac). L'«oncle Vallon» était mort depuis quinze ans lorsqu'André Chénier vint à Carcassonne, mais la maison appartenait toujours à ses héritiers et il est probable que le jeune garçon y fut souvent invité.

On aura une idée suffisante des tours de viguier carcassonnaises quand on aura visité encore celles de l'hôtel de Saix (67 rue Aimé-Ramon), de l'hôtel de Belissen (n° 70), de l'hôtel de la Roque (n° 55), qui présentent à peu près les mêmes caractères. Dans la cour intérieure une porte sculptée donne accès à l'escalier à vis, et celui-ci à la grand «salle» dont le plafond est formé de grandes poutres moulurées, recoupées de poutrelles portant en métopes des peintures représentant des écussons, des portraits, des figures et des emblèmes (hôtel de Saix et Belissen, d'après G. Mot).

Nous voici à nouveau dans la rue de Verdun où chaque maison mériterait une petite monographie. Celle qui s'élève sur la gauche, faisant coin avec la rue Georges-Clemenceau, est caractéristique du style Louis XIII local, bien étudié par Gustave Mot. La façade de la rue Courtejaire, construite sur arcades, a été restaurée récemment. On notera à ce propos l'heureuse réapparition à Carcassonne de beaucoup de ces anciens maga-

LA TOUR DE VIGUIER de la rue de Verdun. Cliché D. Chaudoreille.

sins voûtés dont les larges arcades avaient été dissimulées au siècle dernier et qu'il devient aujourd'hui à la mode de dégager, sous l'impulsion des Monuments historiques. Ils donnent à la ville un cachet plus méridional et lui rendent son aspect de ville commerçante du bon vieux temps... La façade de la rue de Verdun (n° 45) est plus élégante avec sa grande porte aux montants appareillés en harpe et bossage.

Au 46 de la rue Mage

En face, un somptueux et élégant immeuble de la fin du XVIIe siècle, construit par les David, bourgeois enrichis, est occupé aujourd'hui par le Crédit lyonnais. Vers 1796, le logis attenant, maintes fois remanié, et qui en faisait peut-être partie, était la boutique d'Elisabeth Fourès (46 rue de Verdun), marchande de modes. C'était le rendez-vous des élégantes de la ville. Et peut-être aussi des élégants, s'il est vrai que la jeune apprentie, Pauline Belille, dite Belillote, y attirait, par sa grâce un peu délurée, les maris ou les amants de ces dames. Elle était née à Pamiers le 15 février 1778, mais sa famille était venue s'installer à Carcassonne dès 1780 et c'est dans cette ville qu'elle avait passé son enfance et son adolescence. Jolie comme elle était — à en juger par son portait peint par elle-même vingt ans plus tard et conservé au musée de Tours — elle ne tarda pas à rendre fou d'amour le neveu de sa patronne, Jean-Noël Fourès, sous-lieutenant au 22e chasseur à cheval, qu'une mauvaise blessure avait fait réformer, mais qu'un décret intervenant à point nommé autorisait, comme tous les militaires dans son cas, à reprendre du service dans le mystérieux corps expéditionnaire dont tout le monde parlait alors. Dès qu'il eut reçu son nouveau brevet de sous-lieutenant et l'ordre de rejoindre son régiment à Bordeaux, le jeune homme reprit confiance, s'enhardit et demanda à Belillote de l'épouser. Celle-ci, jusque-là réticente, accepta avec reconnaissance cette offre qui faisait son établissement.

Mais voici qu'en pleine lune de miel Fourès apprend que c'est pour l'Égypte que son régiment doit s'embarquer et qu'il ne pourra pas emmener sa femme. Car Bonaparte avait réduit au minimum le nombre des femmes admises à participer à l'expédition : trois pour l'état-major général, une pour chaque état-major, une pour chaque compagnie d'artillerie à cheval! Il savait que les femmes sont indispensables, mais que trop n'en faut. Le pauvre Fourès ne cacha pas son désespoir. Heureusement ou malheureusement pour lui, Pauline n'était pas de ces féministes qui reprochent aux hommes leur virilité : elle préférait agir comme un homme! Elle n'hésita pas un instant. Elle se déguisa en chasseur, se glissa clandestinement dans le navire et rejoignit son mari terrifié.

Elle s'installa au Caire comme si elle eût voulu y passer sa vie. Ses charmes eurent des effets magiques sur tout l'état-major. Il semble qu'il faille mettre au nombre de ses premiers amants le Carcassonnais Peyrusse, le frère du futur trésorier de la Couronne. Mais c'est du conquérant que, nouvelle Cléopâtre, elle tenait à faire la conquête. Le lieutenant Fourès reçut bientôt l'ordre de retourner en France «pour transmettre au gouvernement des dépêches secrètes». Sans sa femme! «Nous veillerons sur la citoyenne Fourès» lui avait dit Berthier. Mais il est intercepté par un navire anglais dont le commandant avait beaucoup d'esprit, et qui ne trouva rien de mieux, pour jouer un bon tour à Bonaparte, que de ramener Fourès sur la côte égyptienne... On eut toutes les peines du monde à l'empêcher de faire un scandale... Et il se résigna à demander le divorce.

Pendant toute l'année 1799 la petite grisette de Carcassonne fut vraiment Notre-Dame de l'Orient, comme l'appelaient les soldats. Au palais d'Elfi-Bey elle jouait le rôle de maîtresse de maison et présidait la table. «Le général, nous dit Marcel Dupont, ne manquait pas de montrer à ses hôtes le portrait de Pauline qu'il portait toujours sur son cœur, entre son habit et son gilet. Il l'aimait sincèrement. Il aurait dit un jour à Berthier : "Je voudrais qu'elle me donne un enfant; je l'aurais épousée, mais la petite sotte n'en sait pas avoir!" Le propos fut rapporté à Belillote. "Ma foi, s'écria-t-elle, ce n'est pas ma faute!".»

Un jour vint, cependant, où Bonaparte dut quitter l'Égypte. Il laissa Pauline désespérée, lui promettant de lui écrire, de la rappeler auprès de lui dès que cela serait possible : «Nous nous retrouverons bientôt, Pauline!» En réalité elle fut obligée de pourvoir elle-même à son évasion. Elle devint la maîtresse de Kléber pour obtenir de lui qu'il la laissât partir. Elle s'embarqua le 20 octobre 1799 et, après bien des vicissitudes et avoir couru mille dangers, elle réussit à atteindre Marseille.

Elle se fixa à Belleville dans une sorte de petit château. Bonaparte l'entretenait sur sa cassette, ne la laissait manquer de rien, mais refusait de la voir — il craignait le ridicule. Le divorce prononcé en Égypte n'était pas valable en France et l'ex-mari se manifestait parfois intempestivement. Pour plus de sûreté, Pauline Fourès reçut l'ordre de se remarier dans un délai d'un mois. Elle jeta son dévolu sur un certain chevalier Ranchoup qui avait servi aux Indes sous l'Ancien Régime. Le mariage eut lieu en octobre 1801 et ne fut pas heureux. Notre Carcassonnaise, devenue très parisienne, s'accommodait mal de la vie errante que menait son mari, consul de France; et un soir, comme il devait rejoindre son nouveau poste à Gothembourg (Suède), elle profita d'un arrêt à Paris pour le planter là. Ranchoup furieux obtint, comme si on eût été encore sous la royauté, un arrêt de justice qui astreignait sa femme à résider chez lui, à Craponne. Elle ne revit jamais Napoléon, sinon peut-être sous le masque, et furtivement.

Ce n'est qu'après la chute de l'Empire qu'elle abandonna sa résidence forcée et redevint libre. Ses dons, qui étaient grands et s'étaient développés au contact des hommes éminents qu'elle avait connus, trouvèrent alors à s'employer à Paris. Elle écrit des romans *(Lord Wentworth, Une châtelaine du XIIe siècle)* et tient salon. Elle se constitue une galerie de tableaux et se met elle-même à peindre, non sans talent. Elle devient surtout une étonnante femme d'affaires. «Elle achetait au Brésil des bois précieux qu'elle vendait à Paris et, avec le produit de cette vente, elle acquérait des meubles de style qu'elle retournait placer outre-Atlantique» (Marcel Dupont).

Aimait-elle toujours Napoléon? Sans doute. Mais l'amour s'était changé en admiration et en dévouement. D'après la veuve de Junot, elle ne serait allée en Amérique que pour y organiser «un projet d'évasion en faveur du captif de Sainte-Hélène». Cela eût été digne d'elle et tout à fait dans la ligne de son caractère.

Elle s'éteignit paisiblement le 18 mars 1869, dans sa quatre-vingt-douzième année.

Le poète Joë Bousquet. Le Cercle du Salon

Rue de Verdun n° 53, sur la gauche : nous entrons par un long porche obscur dans la cour intérieure de la maison — signalée par une plaque commémorative — où le grand poète Joë Bousquet a vécu de 1922 à 1950, et où il est mort. Au fond de la cour on distingue, près de la porte sculptée du XIVe siècle, et de quelques moulures de la même époque, l'entrée du passage dérobé qui permettait d'accéder aux appartements de l'écrivain sans emprunter le grand escalier. Dans son ensemble, cet immeuble date de la fin du XVIIe siècle. Il appartenait, vers 1850, au marquis de Lalanne, et c'est dans le salon de musique du marquis — devenu, avec ses «miroirs à guillotine», ses lambris et ses stucs, la «chambre aux volets clos» — que le poète a écrit presque toute son œuvre. La chambre est restée dans l'état où elle se trouvait en 1950. Les amis de Joë Bousquet s'y réunissent, parfois, pour évoquer son souvenir.

Au premier, sur le même palier et en face du corridor qui conduisait chez Bousquet, l'appartement donnant sur la rue de Verdun fut, pendant cent ans, de 1826 à 1924, le siège du cercle du Salon (qui se survécut en réalité jusqu'en 1936, mais dans un autre local). Ce «cercle», auquel M. Descadeillas a consacré récemment une passionnante étude, était naguère le rendez-vous de l'élite intellectuelle et mondaine de la ville. On y jouait au piquet, au whist, à la «bouillotte». Mais on y conversait aussi, et les dames y étaient parfois admises. C'était l'époque où le baron Peyrusse, l'ancien trésorier de Napoléon à l'île d'Elbe, Alphonse Mahul, l'érudit historien du diocèse de Carcassonne, Charles de Rolland, le dernier des grands aristocrates carcassonnais, se rencontraient à la même table, échangeant leurs points de vue sur les événements auxquels ils avaient été mêlés et qui, souvent, les avaient opposés. Ils se combattaient à coups d'épigrammes, car ils ne manquaient pas d'esprit... Une tradition tenace veut que Mlle Lenormand, la célèbre devineresse, ait été reçue au cercle du Salon en 1826 et qu'elle y ait prophétisé, en termes, il est vrai, assez obscurs, et en vers, qu'il y aurait encore des députés en 1926. Elle aurait même décrit sommairement l'allure et le caractère des futurs élus radicaux-socialistes...

RUE DE VERDUN. Porte d'immeuble style Louis XIII local, avec montants appareillés en harpe et bossage.

RUE A. RAMON. Porte de l'Hôtel de Rolland. Style Louis XV. Nouvel Hôtel de Ville.

RUE DE VERDUN. Collège A. Chénier. Porte d'hôtel noble, de style Régence et de type local.
Clichés H. Alaux.

L'HÔTEL PEYRUSSE

Les maisons ont leur destinée. Celle-ci — au 54 de la rue de Verdun, actuels établissements Dony — a toujours appartenu à de grands financiers, tout au moins de 1661 à 1830. Bâtie vers 1660 par le célèbre Reich de Pennautier, qui fut trésorier de France, elle fut acquise en 1740 par la famille Peyrusse dont le dernier descendant fut lui aussi trésorier de la Couronne (sous Napoléon Ier).

Reich de Pennautier eut d'abord une vie assez agitée. Compromis dans l'« affaire des poisons », il fut cependant mis hors de cause après que la Brinvilliers, condamnée le 16 juillet 1676 à avoir la tête tranchée et à être brûlée ensuite, eut confessé, avant de mourir, qu'elle n'avait dénoncé Pennautier que pour l'obliger à l'aider et qu'il n'avait pris part à aucun de ses crimes.

Rendu à ses occupations, Reich de Pennautier se consacra à l'industrialisation du Languedoc en organisant, selon les vues de Colbert, la fabrication et le commerce des draps. Il appela, dit-on, des drapiers hollandais pour apprendre le métier aux artisans carcassonnais, lesquels devinrent vite aussi habiles que leurs maîtres. Et dès que le transit des draps hollandais par la France eut été interdit par le gouvernement royal, les prix des draps carcassonnais devinrent compétitifs sur les marchés du Levant, et ils le restèrent tant bien que mal jusqu'à la fin du XVIIIe siècle (d'après Pierre Sourbès).

Quant à Guillaume Peyrusse, retiré modestement à Carcassonne dont il fut le maire de 1831 à 1855, il occupa les dernières années de sa vie — il mourut le 25 mai 1860, après avoir eu la joie de revoir un Napoléon sur le trône de France — à mettre de l'ordre dans ses archives personnelles qu'il déposa à la bibliothèque de sa ville natale. Ce fonds, assez peu exploité jusqu'ici, demeure très précieux pour l'histoire financière de l'Empire : Peyrusse avait suivi Napoléon Ier, en qualité de trésorier, sur presque tous les champs de bataille de l'Europe.

LA MAISON NATALE DE FABRE D'ÉGLANTINE

L'immeuble sis au 81 de la rue de Verdun, qui abrite maintenant la Société bordelaise de crédit, est la maison natale du poète Fabre d'Églantine. C'est un charmant petit hôtel de la fin du XVIIe siècle, qui a conservé son architecture primitive et même sa rampe d'escalier en fer forgé.

Fabre d'Églantine et son frère, dit Fabre-Fonds — dont la Révolution devait faire un général de brigade — n'habitèrent pas longtemps la maison où ils étaient nés. La famille Fabre ne tarda pas à se fixer à Limoux, et après avoir mené une vie errante de comédien de province, Fabre d'Églantine ne quitta plus guère Paris dès que la Révolution eut commencé : il voulait faire carrière dans les lettres et en 1789 il avait réussi à faire accepter par le Théâtre Français une comédie assez bien venue : *le Présomptueux ou l'Heureux imaginaire*. Peut-être cette pièce eût-elle obtenu le succès qu'elle méritait si son auteur avait été assez sage pour ne pas mêler les affaires de cœur à la littérature. Pour son malheur il tomba amoureux d'une actrice, Mam'zelle Joly, qui faisait alors les délices de la capitale. C'était une aimable personne de vingt-cinq ans, pleine de grâce et de charme, qui savait séduire, nous dit l'historien Louis Jacob, par sa candeur un peu artificielle et sa sensibilité. Fabre lui voua aussitôt une de ces passions ténébreuses et déjà romantiques dont il avait le secret et qui s'accommodait d'ailleurs fort bien de son inconstance névrotique.

Nul n'échappe au tribunal indiscret et rétroactif des psychanalystes. Il en est qui expliquent l'avidité érotique de Fabre — un peu excessive, en effet — par le fait non moins singulier que son enfance avait été privée de toute tendresse maternelle, comme il ressort d'une confidence qu'il fit un jour, en vers, à son ami le poète D'Auriol de Lauraguel :

Jamais, le croiras-tu, ses yeux ne m'ont souri
Et neuf fois, oui neuf fois, notre dieu favori
Du Bélier aux Poissons a fourni sa carrière
Sans qu'une seule fois la bouche d'une mère
Sur ma bouche enfantine ait daigné se poser
Et dans sa tombe encore est son premier baiser.

Oh ! Le terrible et splendide vers ! Cette explication en vaut une autre ! Quoi qu'il en soit, Fabre d'Églantine aima Mam'zelle Joly et en fut aimé, semble-t-il, dans les limites, naturellement, de leur légèreté réciproque. Mais la belle avait un mari, un certain Fouquet de Lomby, ancien officier de cavalerie, jaloux et querelleur comme un vrai barbon de comédie,

Façade de la maison natale de Fabre d'Eglantine (81, rue de Verdun). Cliché H. Alaux.

mais peu disposé à tenir dans la pièce le rôle du cocu. Avec l'aide de quelques amis, il loua des siffleurs à gage, des chahuteurs professionnels, et dès la seconde scène du premier acte, le Présomptueux, accueilli par un charivari épouvantable, faillit périr étouffé. Au premier rang, le capitaine dirigeait les opérations et savourait sa vengeance. Fabre d'Églantine déposa une plainte qui resta sans effet. Pourtant, la pièce fut imprimée l'année suivante et, reprise dix-sept mois plus tard, connut même un certain succès. Ce qui prouve bien qu'elle n'était tombée la première fois que sous les coups de la cabale. Mais, soit que la passion du poète pour sa belle actrice n'eût reposé que sur la vanité, soit qu'au contraire la vanité eût été pour lui plus forte que l'amour, il ne voulut plus jamais entendre parler de Marie-Elisabeth Joly...

Il avait composé pour elle des romances passionnées, lui avait adressé des lettres brûlantes que nous a conservées Roussel d'Épinal. Certaines, qui sont des poèmes, sont fort belles, notamment celle-ci dont les deux derniers vers pourraient être de Paul Éluard et qui me reviennent à la mémoire toutes les fois que le hasard m'amène dans l'un des bureaux du premier étage de la banque — qui fut la chambre où Fabre d'Églantine «a souri pour la première fois à la lumière» :

En ville, aux champs, chez moi, dehors
Ta douce image est caressée :
Elle se fond quand je m'endors
Avec ma dernière pensée ;
Quand je m'éveille je te vois
Avant d'avoir vu la lumière...

LA MAISON ROUX DE MONTBEL

Non loin de l'hôtel Bernard (65 rue de Verdun) — construit au commencement du XIXe siècle par le sieur Escudier, banquier, et que l'on cite traditionnellement comme l'une des demeures bourgeoises caractéristiques des années 1800-1806 — s'élève la maison Roux de Montbel (75 rue de Verdun), actuellement collège André-Chénier : l'une des plus intéressantes de la ville, à tous points de vue. Elle fut longtemps la résidence de l'évêque de Grignan et, en 1660, lorsque Louis XIV se rendant à l'île des Faisans pour épouser l'infante Marie-Thérèse d'Espagne passa deux fois à Carcassonne, en janvier et en février, il fut l'hôte de ce prélat. On montre encore la chambre où le roi aurait couché. C'est maintenant le cabinet de travail de la directrice. La porte monumentale de ce splendide hôtel appartient au style Régence local.

Il faudrait signaler encore, toujours dans la rue de Verdun, l'ancien hôtel des Castanier qui occupe le n° 81 ; celui des Roux-Puivert, au n° 82 et, attenant à l'ancien Grand Lycée, la maison Marragon (n° 87). Toutes ces familles, enrichies par le drap, puis anoblies par une charge de conseiller, ont encore des descendants dans la région.

Castanier d'Auriac passait pour être de son temps l'homme le plus riche de France : il avait des seigneuries et des maisons un peu partout. Le Crédit foncier de France est installé dans l'hôtel qu'il s'était fait construire à Paris... Après avoir réalisé des gains fabuleux en spéculant avec Law, il avait jugé prudent, avant que la catastrophe ne survînt, de « mettre en terres ses billets ».

J.-B. Marragon fut député à la Convention de 1792 à 93, puis siégea au Conseil des Anciens. On lui doit un *Rapport sur la navigation générale et intérieure de la République,* présenté à la Convention nationale (Paris, an IV). Sa correspondance (71 lettres adressées au notaire Godard, de Carcassonne) est une des plus précieuses qui soient. Elles embrassent la période comprise entre 1793 et 1799 et retracent tous les événements importants de la Révolution.

LE BASSIN DE DISTRIBUTION DES EAUX (à l'angle de la rue des Études).

Construit en 1756 lors de l'exécution des travaux de l'« Origine », ce petit édifice, strictement utilitaire, a l'allure d'un petit temple romain et ne manque pas de grâce.

L'ANCIEN GRAND LYCÉE

C'est un bâtiment moderne et sans intérêt. Mais il subsiste, dans la rue des Études, la porte ancienne de ce qui fut le collège des Jésuites, puis des Doctrinaires. On peut voir, rue des Études, la porte de la chapelle de style Louis XIII « jésuite », avec

RUE DES ETUDES. Ancien collège des Jésuites puis Grand Lycée. Galerie longeant la chapelle Clocher.

RUE DE VERDUN N° 98. Ancien bassin de distribution des eaux construit en 1756 sur l'emplacement de la chapelle Notre-Dame des Grâces. Clichés D. Chaudoreille.

fronton courbe et appareillé en bossage. Une petite place d'allure italienne donne sur les anciennes salles de classe voûtées, le petit cloître intérieur et la chapelle, pourvue d'un élégant clocheton.

Enfin, presque en face du Grand Lycée, s'étendait autrefois le couvent des Augustins. Ces religieux s'y étaient établis en 1305 sous l'épiscopat de Pierre de la Chapelle Taillefer, dans le carron compris entre la Grand-Rue et les rues Littré, Victor-Hugo et des Études. Ce couvent disposait de très grandes salles, ce qui explique que s'y soient réunis le Parlement de Toulouse et la Cour des Aides de Montpellier lorsqu'ils furent transférés à Carcassonne. Après le départ des moines, les locaux furent aliénés et bouleversés. Une auberge s'y établit (l'hôtel Faral), en 1900, avec affenage et dépendances. En 1920 ou 25 on voyait encore, dans une remise, des vestiges d'architecture et de sculpture. Aujourd'hui l'emplacement du couvent, occupé par des immeubles modernes (n° 122, 124), n'offre plus le moindre intérêt archéologique.

La Grand-Rue se termine par deux pilastres encastrés à droite et à gauche dans les dernières maisons. Ils correspondent à l'ancienne porte de la ville (débouchant sur la place Davilla).

Églises et couvents
LA CATHÉDRALE SAINT-MICHEL

Saint Loüis, en permettant aux habitants des deux faubourgs Saint-Michel et Saint-Vincent, qui s'étendaient autour de la Cité, de s'installer dans la nouvelle ville, leur avaient imposé d'y construire deux églises dédiées aux mêmes saints et correspondant, comme situation, à celles qui avaient été détruites par le vicomte Trencavel en 1240. L'église Saint-Michel (rue Voltaire) fut commencée vers 1262 et terminée vers 1283. Après la dévastation de la ville par le Prince Noir, en 1355, l'enceinte eut moins de développement et vint toucher l'église. C'est ce qui explique que la façade méridionale présente l'aspect d'une forteresse. En 1849 : nouvelle catastrophe ! L'église fut ravagée par un violent incendie et dut subir d'importantes restaurations qui se poursuivirent, sous la direction de Viollet-le-Duc, pendant plus de vingt ans.

Parmi les verrières on remarquera la belle rosace de la façade ouest, masquée en partie par l'orgue, et le vitrail central du chœur (XIVe siècle) représentant des anges musiciens et la vie du Christ. La chapelle du Saint-Sacrement abrite une Vierge à l'enfant en marbre blanc (XVIIIe siècle) provenant de l'abbaye de Fontfroide, ainsi qu'un saint Dominique et un saint Benoît également en marbre blanc et de la même époque. On admire, dans la chapelle voisine, une statue de Notre-Dame de la Romiguière en marbre, datant de la fin du XIVe siècle. Trois belles toiles de Jacques Gamelin (1738-1803) ornent la salle du chapitre : l'adoration des bergers (1788), les noces de Cana, Jésus chassant les vendeurs du temple (1786).

Devenue cathédrale le 18 mai 1803, l'église Saint-Michel fait grande impression avec son immense vaisseau dont aucun accessoire architectural : piliers, collatéraux, jubé ne vient rompre l'imposante noblesse.

Dans la rue Voltaire, une fontaine construite en 1755 mais qui ne coule plus est adossée, non loin des Halles, à la sacristie de l'église. Une tradition situe, tout à côté, dans le logis du chapitre (attenant au chevet) la maison de Pierre Godefroy, jurisconsulte, procureur du roi pour la foi au tribunal de l'Inquisition de Carcassonne (XVIe siècle). Ce grand écrivain et humaniste n'est cité, je ne sais pourquoi, dans aucune histoire de la littérature néo-latine en France. Il a pourtant laissé des ouvrages bien remarquables tant par l'élévation de la pensée que par l'élégance du style : un *Proverbiorum liber,* ou Livre des proverbes (Paris, 1555), souvent réimprimé à la suite des Adages d'Érasme, où ont pris place quelques proverbes populaires du pays ; et *De amoribus libri tres* (Dialogues en trois livres sur les amours), Lyon, 1552, Anvers, 1634, Leyde, 1564, où l'on est étonné de trouver sur les mœurs amoureuses des anciens peuples — notamment sur les dames de Lithuanie — des renseignements qui ne figurent nulle part ailleurs.

L'ÉGLISE SAINT-VINCENT (rue du 4-Septembre)

La nef en est encore plus large (21 m) que celle de la cathédrale. C'est, après celle de Mirepoix (21,60 m) la plus vaste du Midi. Elle date de la même époque que Saint-Michel, du moins la porte et le clocher qui sont de 1269. Mais le chœur ne fut

LE CLOCHER DE L'EGLISE ST-VINCENT, carré à la base, octogonal dans sa partie supérieure domine du haut de ses 54 mètres la ville basse. L'église contemporaine de la cathédrale St Michel est du type gothique languedocien.
Coll. H. Alaux.

EGLISE ST-VINCENT. Statues du portail occidental de l'église représentant, celle de droite un apôtre, celle de gauche Louis IX, celle-ci serait une des plus anciennes représentations en pierre que l'on connaisse de Saint Louis. Détériorées par le temps, ces statues ont été transportées à l'intérieur. Cliché H. Alaux.

achevé qu'au XVe siècle et il semble que l'église n'ait été voûtée que tardivement.

C'est dans cette église que les Carcassonnais vénèrent Notre-Dame de la Parade, patronne de la corporation des *paradors* (drapiers, cardeurs, pareurs de drap) depuis le XVIe siècle au moins. Il ne faut pas chercher d'autre étymologie à son nom, bien que l'imagination populaire ait joué sur les mots (*Dei para*, mère de Dieu, *Parada*, protection, *parado*, de *paret*, mur, et *parado* : «celle qui est parée, ornée»).

La Vierge de la Parade, richement parée, en effet, reçoit les vœux de nombreux fidèles. Les jours de fête, la ferveur des croyants dépose à ses pieds colliers et cœurs d'or, alliances, bijoux de toute sorte. Aucune Vierge du Midi n'est aussi riche... Le poète Joë Bousquet a raconté lui-même que, tout enfant, parlant à peine et «ne sachant qu'aimer», il était tombé gravement malade. Sa mère, en échange de sa guérison, promit à la «Vierge Noire» ses deux diamants les plus beaux. «Avant d'avoir appris à lire, dit-il, j'ai vu mon nom sur une plaque de marbre devant la niche de la madone couleur de nuit... qu'on appelle Notre-Dame de la Parade.»

Elle a suscité tout un folklore : c'est une dame qui rend fou ! On racontait, au début du siècle, qu'elle avait troublé la raison du brave curé de Saint-Vincent, l'abbé Bataillé, qui, à la façon du jongleur de Notre-Dame, dansait devant elle en chantant :

Qui t'a faita bela ?
Batalher, Batalher !

(Qui t'a faite si belle ?
Bataillé, Bataillé !)

Mais c'étaient sans doute là des ragots de francs-maçons et d'anticléricaux.

Le portail ouest présentait quatre statues de la fin du XIIIe siècle que les intempéries avaient beaucoup usées et qui, depuis quelques années, ont dû être mises à l'abri. La quatrième, à gauche, dans la voussure intérieure, a été identifiée par les archéologues comme représentant saint Louis. A ce titre elle serait fort intéressante car elle serait de ce roi la plus ancienne représentation de pierre que l'on connaisse.

Le clocher, terminé au XVe siècle dans sa partie haute, est octogonal et se termine par une terrasse à parapet crénelé sur lequel, au temps des guerres de religion, on installait du canon. C'est un point géodésique important. En 1740, Cassini y vérifia ses calculs sur la mesure de la terre. Et en 1803, Machain et Delambre en firent un de leurs points de repère pour établir le méridien de Paris (d'où est tiré l'unité de mesure qui fait la base du système métrique). Il fut reconnu que cette ligne idéale passait à 1 111 m à l'ouest du clocher ; (sur la route de Toulouse, près de l'ancien asile Bouttes-Gach, une pierre dressée sur une ligne exactement perpendiculaire au clocher marque le passage du méridien de Paris).

Le carillon de Saint-Vincent comprend 17 cloches de bronze des XVIIIe et XIXe siècles, inscrites, à l'inventaire des objets classés. Il n'est pas aussi célèbre que celui de Bruges. Cependant, les soirs d'hiver, quand il se rabat dans les cheminées avec la rage du vent, il s'accorde si bien avec la tristesse que dégage notre bonne ville (ville aussi triste, disait Stendhal, que Narbonne est gaie !) qu'on finit par lui trouver un certain charme. On croirait entendre une voix douce-amère du passé dont l'accent ne restituerait à la mémoire que des souvenirs imaginaires et devenus, d'âge en âge, indéchiffrables.

L'une de ces cloches s'appelle curieusement l'Andrène. Baptisée le 11 novembre 1773, elle est dédiée à M. André Béraud et à dame Marie Chénier, sous l'invocation de saint André. Il est à peu près certain que le jeune André Chénier, qui se trouvait alors à Carcassonne chez les Béraud, assista à sa consécration auprès de son parrain André Béraud, également parrain de cette cloche, laquelle se trouve être aujourd'hui le seul « monument » de Carcassonne à rappeler le nom du grand poète...

Elle était condamnée à être fondue en 1753 pour faire de gros sous ou des canons, mais elle fut sauvée in extremis par le carillonneur qui la dissimula sous un tas de décombres. C'est du moins ce que nous apprend Cornet-Peyrusse, dans une lettre datée de 1883. Elle fait encore partie du carillon de Saint-Vincent — que l'érudit M. Seytes a entrepris aujourd'hui de compléter et d'harmoniser. Mais elle a dû être refondue, de sorte que la matière est demeurée et l'esprit s'est perdu. Je ne jurerais pas, cependant, qu'elle ne contribue pas encore, contre toute vraisemblance, à communiquer au carillon de Saint-Vincent cette mélancolie passéiste qu'il prête aux soirs d'hiver... Mais qui écoute aujourd'hui les cloches de Saint-Vincent, s'il ne les a pas déjà entendues, et ne les entend encore résonner, du fond de son enfance ?

Outre les églises Saint-Michel et Saint-Vincent, et Sainte-Marie de l'Officialité — détruite lors de la construction des Halles — Carcassonne comptait sous l'Ancien Régime de nombreux couvent et confréries.

«Londrins premiers, londrins seconds,
pénitents bleus, pénitents noirs,
vent de cers et vent marin

voilà tout Carcassonne», disait-on au XVIIIe siècle. Les Jacobins avaient leur couvent à l'emplacement du théâtre actuel ; les Cordeliers à l'endroit où s'élève maintenant l'hôtel des P.T.T. ; les Augustins, en haut de la Grand-Rue ; les Mercédaires, à l'ancien lycée de jeunes filles (Varsovie). Seuls les Carmes se maintinrent longtemps dans les locaux (rue de la Liberté, cinéma Rex) qu'ils avaient reçus en 1292. (En 1857 ils les rachetèrent mais durent les quitter peu de temps après.) Leur église, du XIIIe siècle, reproduit en proportions plus réduites les dispositions de Saint-Vincent et de Saint-Michel.

Les pénitents blancs — c'étaient les riches — se réunissaient dans un immeuble situé près de Saint-Vincent. Les pénitents bleus — généralement nobles — dans la rue Saint-Antoine (rue Victor-Hugo, n° 45). Les pénitents noirs — surtout des artisans — occupaient l'ancien Petit Lycée.

Sous la Restauration, avec le renouveau de la foi, des associations de pénitents se reconstituèrent. L'une des plus importantes eut pour siège la chapelle Saint-François-Xavier (rue Barbès). Nous avons déjà dit qu'une autre confrérie religieuse avait fait aménager, en 1826, dans l'ancien bastion de la tour Grosse — vestige de l'enceinte fortifiée du XVIe siècle — un «calvaire» avec chemin de croix et saint sépulcre, dont les allées serpentent dans un beau jardin.

Le XVIIIe siècle

LA PLACE AUX HERBES

Au moment de la création de la ville basse, en 1247, la place centrale, qu'on appelait naguère place aux Herbes parce qu'elle servait de marchés aux légumes et qui est aujourd'hui la place Carnot, s'étendait au sud jusqu'à la rue de Verdun et, au nord, jusqu'à la rue Pinel et la rue de l'Aigle-d'or. Mais le 14 juillet 1622, le lendemain même de l'entrée du roi Louis XIII à Carcassonne, un incendie éclata sous les couverts qui bordaient la place et se propagea rapidement vers l'est, dévorant cent cinquante maisons. Une trentaine d'autres furent démolies pour circonscrire le sinistre qui ne fut maîtrisé qu'aux abords du couvent des Cordeliers (l'actuel Hôtel des postes). Une subvention royale permit de reconstruire tout le ténement compris aujourd'hui entre la rue de Verdun, le côté sud de la place et les rues Denisse et Pinel. Mais, amputée du «Petit Couvert», construit en avancée sur des piliers de bois, la place fut beaucoup plus petite. Seul le «Grand Couvert» subsista jusqu'en 1860. Ces maisons à corondage apparent offraient sans doute un aspect assez pittoresque, mais elles étaient trop vulnérables et n'étaient pas du goût de tout le monde. Un Hollandais, A. Goelnitz, visitant Carcassonne en 1628, note dans son journal que «si les maisons de bois et sans ornements étaient en harmonie avec l'exacte symétrie des rues, il n'y aurait pas en France de plus jolie ville que Carcassonne».

Déjà, en 1654, il existait sur la place une fontaine alimentée par une source ou une nappe souterraine; mais à partir de 1676, ce sont les eaux de l'Aude qui, captées à la chaussée de Cavanac et conduites par un aqueduc, furent distribuées dans la ville. En 1768 les consuls, après avoir transféré la Halle aux grains où elle se trouve aujourd'hui, firent le projet de construire sur la place ainsi dégagée une fontaine monumentale.

Les travaux, confiés au sculpteur italien Barata, se poursuivirent de 1741 à 1752. Plusieurs fois abandonnés et repris, ils ne furent achevés qu'en 1771. Le dieu Neptune, que l'on n'appelle à Carcassonne que «le roi des Eaux», se dresse brandissant son trident, sur une sorte de dauphin. L'eau qui jaillit de la gueule du monstre remplit une conque et, à l'étage au-dessous, est encore rejetée par d'autres dauphins que chevauchent des néréides et des tritons avant d'être enfin recueillie dans un grand bassin polygonal.

Cette fontaine est le point d'aboutissement de tout un système de captation et d'adduction d'eau entrepris en 1743 à Maquens, au lieu dit «l'Origine». Le bassin est en marbre incarnat de Caunes; le Neptune, en marbre de Carrare.

Jusqu'à la guerre de 1914-18, Carcassonne était, après Rome, la ville d'Europe qui avait le plus de fontaines. Je l'ai connue, dans mon enfance, littéralement ruisselante. Des deux côtés de la Grand-Rue couraient des «recs» qui, dans les jours chauds, à la veille des grandes vacances, répandaient une certaine fraîcheur agreste, mais aussi de bien mauvaises odeurs. Cela n'empêchait pas les gosses que nous étions d'y patauger, à la sortie du lycée, ou d'y suivre, quand quelque orage les avait grossis, la course des boîtes de conserve. Toutes les rues étaient ainsi irriguées. Il y avait des fontaines partout, et l'on s'arrêtait à toutes pour boire : on a toujours soif, à cet âge! Le «roi des Eaux» nous imposait un certain respect, à cause des inscriptions latines, et un certain émoi à cause des nymphes impudiques qui lui font compagnie.

Stendhal, de passage à Carcassonne, s'arrêta, un 27 avril de 1838, sans doute un peu froid, au café Bergèze pour y savourer le charme très italien de cette place «garnie de magnifiques platanes qui, disait-il, doit être charmante en été : tout doit y être à l'ombre. Au milieu, fort jolie fontaine sculptée où il ne manque que de l'eau (sans doute l'aqueduc était-il en réparation!). Le Neptune tenant un poisson plus gros que lui dont la queue lui sert d'appui, a l'air d'un danseur, mais les nymphes, sculptées en haut relief sur son piédestal, font un effet charmant au milieu de ces magnifiques platanes que je me figure feuillés. Les têtes de ces nymphes sont fort mal, mais les corps sont fort bien. Ce n'est point de la sculpture raide et digne comme le Louis XIV de la place des Victoires...»

On se plaît à imaginer que Stendhal a lu les inscriptions latines gravées dans le marbre et qu'il a spécialement médité sur celle-ci : *Ut fugit, unda fluens, fugiunt sic...* (Comme fuit cette eau

PLACE CARNOT. Le dieu Neptune ou "roi des eaux" dè la grande fontaine, en marbre de Carrare, XVIIIème siècle, de l'ancienne place aux Herbes. Cliché D. Chaudoreille.

LE KIOSQUE A JOURNAUX de la Place Carnot tout au début du siècle. Cliché H. Alaux.

qui passe, ainsi s'enfuient les dons si précieux de la fortune aveugle...)

Ne résume-t-elle pas la destinée et la philosophie de ces marchands drapiers du XVIIIe siècle qui, après s'être enrichis dans le trafic, devenaient seigneurs et se ruinaient dans leur nouvel état au point d'en être réduits quelquefois à rentrer comme simple commis dans leur propre boutique? Ces vicissitudes ont duré à Carcassonne jusqu'à la Révolution où M. Jourdain, devenu Mamamouchi, fut en grand danger de se faire couper le cou.

Aujourd'hui tout a changé!... L'eau est la seule chose que notre société ne gaspille pas, et elle la vend bien cher. Aussi est-ce toujours la même qui, pompée et repompée, s'échappe des mufles des dauphins entre deux belles nymphes fessues. Comment l'amateur de symboles s'y reconnaîtrait-il? Et pourtant, en dépit du cycle perpétuel et de la machine à pomper, le pauvre citadin constate amèrement que la monnaie fluente — *pecunia fluens* — continue à fuir sans retour et sans que son pouvoir d'achat puisse la rattraper! Les nymphes ont toujours raison en leur latin!

La place aux Herbes est toujours le marché aux légumes, mais l'après-midi elle est encombrée d'autos. Ne fut-il pas question d'installer un parking souterrain sous la statue du pauvre Neptune, transformé en roi des autos, et de confier à son trident le soin de régler la circulation? Le temps n'est plus où jardinières et revendeuses y patientaient stoïquement toute la journée, s'abritant l'été sous de larges parasols et, l'hiver, les pieds au chaud sur de maigres casseroles remplies de braise... Une toile de 1897, due au bon peintre local Sourou, et conservée au musée, nous montre la place à peu près déserte sous la neige et deux ou trois de ces braves marchandes emmitouflées, attendant ainsi le client et que reviennent les beaux jours.

Cette place fut autrefois le cœur de la Cité. Tous les monuments antérieurs à la Révolution — sauf le roi des Eaux — en ont disparu. La ville possédait, de temps immémorial, un fragment du Saint Suaire, mais cette relique, vénérable entre toutes, était devenue un objet de dérision pour les protestants. Aussi en 1544 l'évêque de Carcassonne, Martin de Saint-André, voulut-il provoquer un miracle pour en confirmer l'authenticité. Il ordonna une procession générale qui se rendit en grande solennité à la chapelle du couvent des Augustins où le suaire était soigneusement gardé et là, après avoir célébré pontificalement la messe, il détacha avec des ciseaux une petite pièce, laquelle il mit de ses mains dans le feu qu'on avait allumé dans le chœur. Elle s'éleva deux fois dans l'air sans être brûlée et demeura quelque temps suspendue à la vue du clergé, des magistrats et du peuple. Une troisième fois, à peine fut-elle dans le feu que tous les charbons ardents se dispersèrent avec un bruit extraordinaire pendant qu'aussi entière et saine qu'auparavant, elle s'élevait au-dessus des assistants.

En mémoire de ce fait miraculeux, la ville fit élever, dans la même année 1544, un monument au milieu de la place. Il consistait en un grand crucifix de fer installé sur un piédestal soutenu par quatre colonnes surmontées d'un couvert en forme de dôme et qu'on appelait l'Oratoire.

Comme il menaçait ruine, il fut démoli en 1751. Mais pendant de longues années on dressa sur son emplacement, le 3 mai et le 14 septembre, un autel portatif sur lequel les marguilliers de l'église Saint-Vincent disposaient un crucifix avec des chandeliers. Le clergé s'y rendait en procession et, au retour, le desservant donnait la bénédiction du saint sacrement suivie de l'adoration de la croix.

La Révolution fit cesser toutes ces cérémonies religieuses. L'Église elle-même ne croit plus — malgré le miracle — à l'authenticité du suaire de Carcassonne. Ainsi va le monde! A la fin de l'Ancien Régime, le pourtour de la place était garni d'une banquette de pierre contournée à chaque angle par un piédestal surmonté d'une urne et portant les médaillons de la famille royale. Une fontaine décorative — qui coulait encore avant la guerre de 1914-18 — agrémentait le côté est.

C'est sur la place aux Herbes — appelée alors place de la Révolution — que la guillotine fonctionna pour la première fois dans l'Aude. Les révolutionnaires n'en abusèrent pas. En décembre 1792 Jeanne la Noire et deux de ses complices, convaincus de menées séditieuses et d'assassinat sur la personne de Verdier, procureur général syndic de la commune de Carcassonne, y furent exécutés; et le 21 février 1794, à 7 heures du matin, Henri Beille, originaire de Roquefeuil (Aude) et prêtre réfractaire. Il n'y eut pas d'autres victimes. La Révolution fut beaucoup plus cruelle pour les Carcassonnais de Paris. En l'an II de la République elle fit périr sur l'échafaud, à quelques semaines d'intervalle, les poètes Dougados, Fabre d'Églantine et André Chénier (audois par son père). Comme l'a souligné avec humour notre ami Urbain Gibert, le seul Audois qui échappa au supplice fut l'aristocrate, l'émigré Jean-François d'Auriol-Lauraguel, d'ailleurs excellent poète lui aussi.

Aujourd'hui la façade ouest témoigne seule d'un certain souci d'urbanisme intelligent : les maisons qui la constituent ont été uniformisées dans le style pseudo-antique et louis-philippard, sous l'administration du maire Coumes, entre 1837 et 1848. Mais sur les trois autres côtés, la place Carnot ne se caractérise que par son beau désordre architectural.

Les Halles

Dès 1768 les consuls avaient décidé de dégager la vieille place centrale et d'en créer une autre où seraient installées la halle aux grains et les boucheries. Le projet se heurta pendant plus de vingt ans à de multiples incidents et obstacles administratifs. Et il fallut l'intervention de l'évêque, Mgr Bazin de Bezons — qui céda son carron de l'Officialité — pour que les travaux fussent terminés en 1783.

Trois corps de bâtiments, en retour d'équerre, entourent la cour intérieure. L'aile droite, en bordure de la rue Mage (rue de Verdun), s'élève sur l'emplacement de la vieille église Sainte-Marie du Bourg-Neuf ou de l'Officialité, qui fut démolie et dont ne subsiste que le clocher. Elle servait de halle aux grains et était pourvue, à cet effet, de banquettes contenant les mesures de pierre (de même dimension extérieure mais variant, évidemment, de capacité intérieure).

Le bâtiment de gauche (longeant l'ancienne rue des Halles) abritait les *taulas,* les tables, c'est-à-dire les bancs et étaux des bouchers. C'était le vieux *mazel.* Mais l'ensemble a subi de nombreuses refaçons ; d'abord en 1860-63 sous le maire Roques-Salvaza, puis en 1887-88, et en ce qui concerne surtout la boucherie, sous la municipalité Sarraut-Jourdanne.

C'est la partie droite, la plus ancienne, qui offre le plus d'intérêt. Son toit à double pente et soutenu par une magnifique charpente renforcée par des poutres dites «bras de Jupiter» s'appuie au centre sur d'énormes colonnes. On peut dire que les halles de notre ville n'ont été vraiment achevées qu'au cours de ces dernières années où une restauration savante et méticuleuse les a complétées et rendues plus fonctionnelles.

Dans la cour intérieure était jadis le pilori, auquel on attachait les fraudeurs et les contrefacteurs de draps. Un cercle, dessiné en briques sur le sol, en perpétue le souvenir, mais n'a plus d'effet sur les voleurs.

La Préfecture (ancien palais épiscopal)
C'est encore un legs de ce beau XVIIIe siècle!
Depuis longtemps les évêques ne résidaient plus à la Cité mais, au moins périodiquement, dans la ville basse. Et en 1750 la translation du siège épiscopal devint définitive. Nous avons vu que Mgr de Bezons avait échangé sa vieille Officialité pour le carron situé au nord-est de l'enceinte, entre les actuelles rues de la République et du 4-Septembre et le boulevard. En 1760 il y fit bâtir un palais où il fixa sa résidence (le marteau d'une petite porte, rue de la Préfecture, porte encore ses armes : les trois couronnes d'or). Construit dans un style Louis XV, austère et dépouillé, il se compose de trois corps de logis s'ordonnant autour d'une cour fermée par un portail monumental et deux portes de service. La porte centrale était réservée aux salons de réception et aux bureaux du secrétariat ; l'aile droite contenait la chapelle, l'aile gauche les appartements privés de l'évêque et les pièces affectées au logement de sa nombreuse domesticité (une trentaine de personnes). La façade orientale donne par une terrasse sur un parc planté de beaux arbres, orné d'un bassin et clôturé du côté du fossé (le boulevard actuel) par des balustres de pierre.

En 1764 le conseil de ville avait décidé que les fortifications seraient en partie démolies — sauf les bastions d'angle —, les fossés comblés et complantés d'ormeaux. L'évêque remplaça vingt ans plus tard les ormeaux par des platanes que l'on peut voir encore aujourd'hui sur le boulevard de la Préfecture. Au début de ce siècle ils étaient fort hauts et fournis et sous leur couvert on avait l'impression de marcher au fond d'un océan tout

LA CHARPENTE DES HALLES. Magnifique ouvrage du XVIIIème siècle. Cliché D. Chaudoreille.

43. CARCASSONNE — Square Gambetta   D.F.P.

LE SQUARE GAMBETTA. Ce beau jardin romantique, bien ombragé, abritant la musique, la poésie et la sculpture fut rasé en 1944 sur ordre de l'occupant allemand pour être transformé en glacis.

LES PLATANES DU BOULEVARD DE LA PREFECTURE (actuel boulevard Jean Jaurès). C'est en 1771 que l'évêque de Bezons, après avoir fait combler les anciens fossés, fit planter les magnifiques platanes formant au début du siècle un véritable dôme de verdure.
Coll. H. Alaux.

89 CARCASSONNE. — Les Platanes des Allées de la Préfecture — LL.

bruissant de feuilles et de vent. Mais les orages en détachaient d'énormes branches : ils devenaient dangereux et l'on dut les émonder. Ce à quoi se sont employées toutes les municipalités, avec un zèle parfois excessif.

L'évêque de Laporte, promu en vertu du Consulat (1803), n'entra jamais dans le palais construit par ses prédécesseurs. La préfecture de l'Aude prit la place de l'évêché et l'évêché s'installa dans l'ancien hôtel de Murat (5 rue Aimé-Ramon).

LA PORTE DES JACOBINS

Les quatre vieilles portes gothiques de l'enceinte avec leurs goulets étroits et obscurs ne correspondaient plus guère aux goûts de l'époque. On fit le projet, dans les premières années du XVIIIe siècle, de les transformer en entrées monumentales de style néo-classique, qui eussent donné à la ville un petit air de capitale. Mais une seule fut ainsi reconstruite en 1779, par le sieur Pagnon, sur les plans de l'architecte carcassonnais Dolbeau, cousin éloigné d'André Chénier, et sculptée par Parant, également originaire de Carcassonne. Elle est en pierre de Pezens et présente «une belle harmonie de pilastres, de portiques, d'entablements avec frontons et attique portant à l'extérieur l'écusson royal et à l'intérieur les armes de la ville» (G. Mot). Le logement du portier et des fontaines sous trompes — dont une seule subsiste, qui ne coule plus — la flanquent de chaque côté.

La porte des Carmes devait s'ouvrir symétriquement à l'autre bout de la ville, face au canal du Midi. Elle eût été consacrée à l'archevêque Dillon, président des États, qui avait obtenu en 1786 le redressement du cours du canal lequel, primitivement, ne passait pas par Carcassonne, le ville n'ayant pas voulu, à l'époque où il fut tracé, prendre sa part des frais.

LE QUARTIER DE CAVALERIE

Nous ne rangeons pas cette caserne au nombre des monuments qui embellissent la ville. Mais elle ne la dépare pas. Elle porte elle aussi la marque d'un siècle où même les établissements utilitaires avaient un air de grandeur et, dans leur sobriété, une sorte de noblesse élégante. Sa construction témoigne des sentiments charitables de l'évêque de Carcassonne, sou-

LA PORTE DES JACOBINS. Construite en 1779 par Pagnon sur l'emplacement d'une vieille porte gothique, d'après les plans de l'architecte Dolbeau. A la Révolution elle prendra le nom de porte de la Fraternité qu'elle conservera jusqu'en 1812. Coll. H. Alaux.

85. CARCASSONNE. — Le Quartier de Cavalerie. — LL.

10. CARCASSONNE :
Quartier de Cavalerie
Construit en 1720
(Garnison du 17e Dragons)
(Édit. N. G.)

LA CASERNE DE CAVALERIE (Caserne Laperrine). Construite au XVIIIème siècle, d'après les plans de l'architecte carcassonnais Melair, la nouvelle caserne comprenait 32 écuries pouvant contenir 960 chevaux et 256 chambres pour 1600 hommes. La première pierre fut posée et bénite le 9 juillet 1721 par l'évêque de Grignan. Coll. H. Alaux.

cieux d'épargner à ses administrés les ennuis et les désordres qu'entraînait alors le logement forcé des troupes chez l'habitant. Beaucoup de régiments du roy s'y succédèrent sous l'Ancien Régime. Quelques années avant la Révolution, Joachim Murat, le futur roi de Naples, y fut en garnison, comme maréchal des logis... Elle n'a jamais cessé depuis d'abriter des cavaliers, des dragons motorisés ou des... parachutistes.

La place d'Armes était décorée, sous la monarchie, de lions de pierre situés aux quatre coins. Il n'en reste plus qu'un, juché sur la muraille du sud. Non loin de là, du côté du boulevard, s'élevait un ormeau de «Saint-Louis» — entendez : de Sully — que le temps et les hommes avaient respecté, mais qui fut abattu par un cyclone peu avant la guerre de 1914-18. Les collectionneurs de cartes postales s'arrachent celle qui le représente.

D'une rue à l'autre.
Vieilles maisons et souvenirs imaginaires

La plus ancienne maison de Carcassonne (ville basse) est désignée traditionnellement sous le nom de «maison du Sénéchal», sise rue Aimé-Ramon, n° 29. Avec sa porte et ses fenêtres ogivales, elle date du début du XIVe siècle, mais elle a été restaurée par Viollet-le-Duc. Les autres parties de la façade et l'intérieur de l'immeuble ont été remaniés à diverses époques, du XVIIe siècle à nos jours. Pendant fort longtemps cette vaste demeure a appartenu à la même famille carcassonnaise qui en a respecté scrupuleusement l'ameublement et le décor. Je me souviens d'y avoir identifié, il n'y a pas très longtemps, une magnifique scène orientale de Le Prince (1733-1781) qui n'avait subi ni restauration ni repeints et n'avait pas changé de place depuis le XVIIIe siècle...

LA MAISON DE SAINT-ANDRÉ

La famille qui a construit cet hôtel (71 rue Jean-Bringer) et l'a habité du XVe au XVIIe siècle s'est illustrée dans la petite histoire — et quelque peu dans la grande — en la personne d'au moins trois de ses membres : Pierre de Saint-André, juge-mage de Carcassonne de 1482 à 1505, et président du parlement de Toulouse (1506-1525); François de Saint-André, président du parlement de Paris (1450-1570) et de la « Chambre ardente » (1556) ; et enfin Martin de Saint-André, évêque de Carcassonne de 1521 à 1546.

On ne peut visiter l'intérieur de l'immeuble sans autorisation spéciale. Il faut se contenter d'en admirer l'extérieur en pénétrant dans la cour. La porte monumentale à arc surbaissé, doublé d'un arc supérieur en accolade qui donne accès à l'escalier (autrefois à vis mais remplacé aujourd'hui par un escalier moderne), la porte de service, plus sobrement ornée, qui s'ouvre sur le côté, les quatre belles fenêtres de la façade aux montants et traverses élégamment moulurés : tout cela, y compris l'ordonnance de la cour et de la galerie, se ressent encore du gothique flamboyant et constitue le plus parfait exemple du style Louis XII à Carcassonne.

Dans le sous-sol, qui abritait autrefois des pièces de service, subsistent des traces de fresques qu'il serait intéressant de dégager.

HÔTELS BOURGEOIS ET HÔTELS NOBLES

Carcassonne s'enorgueillit d'un assez grand nombre d'hôtels particuliers datant de l'époque de la prospérité drapière (1700-1760) et présentant tous les mêmes caractères généraux, en partie tributaires du style Régence ou Louis XV, en partie locaux. Ils se composent de deux corps de bâtiments, l'un sur la rue, l'autre sur la cour ; le premier avec grande porte cochère, cintrée à gorge et ornée d'un mascaron à la clé, comporte un étage dit « noble », à plafond haut, encadré de moulures courbes et éclairé par de grandes fenêtres ; et un autre, au-dessus, réservé aux services et aux locataires, percé de baies plus étroites ou de lucarnes ovales. Par un long vestibule donnant à la loge du portier (sur le côté) et aux magasins, on arrive à l'escalier d'honneur à rampe de fer très richement forgée et galerie à balcon ouvragé. Dans la cour, sur les côtés, deux constructions relient la façade au logement du fond ou à un jardinet fermé d'une grille et orné d'une fontaine. Dans un coin de la cour subsiste parfois un vieux puits médiéval. (D'après G. Mot.)

C'est dans ce goût que sont élevés les principaux hôtels de la rue de Verdun (n°s 75, 77, 78) ou de la rue Aimé-Ramon (n°s 5, 32). La rue de la République — ancienne rue Lafayette — offre

30, RUE J. BRINGER. Escalier droit, ouvert, rampe en fer, arcs paraboliques. Style Louis XIII local.

RUE A. RAMON, HOTEL DE ROLLAND. Escalier principal, rampe en fer forgé (XVIIIe).

RUE A. RAMON. Escalier ouvert, rampe en fer. Louis XIII (XVIIe siècle). Maison Nacenta.

RUE DE VERDUN -Sté Bordelaise- Maison natale de Fabre d'Eglantine. Escalier - rampe XVIIIe. Clichés H. Alaux.

elle aussi de remarquables façades de style Louis XV. La maison sise au n° 32 obéit au type traditionnel que nous avons défini, avec sa cour intérieure et son jardin surélevé. Avant d'abriter quelque temps le musée de Carcassonne, elle avait servi de lieu de réunion à la « Loge de la Parfaite Vérité des commandeurs du Temple de Carcassonne ». On voit encore sur les murs de la cave des fresques maçonniques très dégradées, qui en perpétuent le souvenir.

Cette loge, qui ne comprenait que des maçons de haut grade, est assez peu connue. Le musée Paul-Dupuy de Toulouse conserve cependant un tirage récent de son ex-libris composé à la fin du XVIIIe siècle par Claude Arthaud. Il a été identifié, il y a quelques années, par M. Maurice Caillet, inspecteur général des Bibliothèques. C'est une gravure à l'eau-forte (0,067 × 0,083 m) figurant deux blasons accolés : à senestre celui de la loge qui l'a commandé, avec la devise : *stupete gentes* et une couronne comtale ; à dextre : celui de Louis de Bourbon, comte de Clermont, quatrième grand maître de la franc-maçonnerie française, timbré de la couronne des princes de la maison de France. Les écus sont ovales, enguirlandés de feuilles de lauriers, soutenus par deux branches de lys au naturel, avec un aigle monocéphale pour rappeler les pièces héraldiques du dauphin et de Marie-Antoinette d'Autriche. Nous pouvons, de la sorte, dater cet ex-libris, car le mariage des princes fut célébré en 1777 et le comte de Clermont ne demeura grand maître que jusqu'en 1771. Entre les deux couronnes est un soleil radieux. Sous les rameaux de lys, un listel porte le titre : Loge de la Parfaite Vérité des commandeurs du Temple de Carcassonne. En bas, à gauche, la signature : Arthaud f.

Cette pièce est le premier ouvrage du graveur lorrain dont le mariage fut célébré à la Dalbade (Toulouse) le 7 février 1771. (D'après Robert Mesuret.)

Un hôtel de la rue Victor-Hugo (n° 42), bien remarquable aussi, et datant des environs de 1760, présente à peu près les mêmes dispositions architecturales que ceux de la rue de la République. C'est la demeure d'un fabricant enrichi qui a juxtaposé des locaux utilitaires aux appartements d'apparat. La façade, fort élégante, décorée de mascarons, répète, avec sa porte cochère et

ANCIEN HOTEL DE VILLE. La cour intérieure et le bel escalier à double volée abritant ''la captive'', statue de Pierre Hébert (1859).

LA CHAMBRE DE COMMERCE. L'ancien hôtel de la famille de Murat (Paul de Murat, dernier jugemage) fut palais épiscopal de 1806 à 1906 pour devenir en 1910 la Chambre de Commerce.
Coll. H. Alaux.

ses larges fenêtres du premier étage, le style carcassonnais de la riche maison bourgeoise.

L'hôtel de Murat (rue Aimé-Ramon, n° 5) offre un aspect aristocratique plus accentué. Sa façade donnant sur le jardin vise à la grandeur. La rampe de l'escalier monumental, et la galerie d'honneur en fer forgé témoignent du degré de perfection auquel était parvenue la ferronnerie d'art dans la ville basse au XVIIIe siècle.

La famille qui le fit construire — marchands drapiers anoblis — a donné au siège présidial de Carcassonne et au parlement de Toulouse une lignée de conseillers éclairés et érudits (R. Descadeillas). La bibliothèque de Paul de Murat, le dernier juge-mage qui émigra en 1790, fut confisquée par la Nation en 1792. Elle contenait, entre autres raretés, le précieux manuscrit du roman médiéval de Flamenca, conservé aujourd'hui à la bibliothèque municipale de Carcassonne.

Ce charmant hôtel du plus pur style Régence fut, pendant longtemps, palais épiscopal (du Concordat jusqu'à la fin du XIXe siècle). Il abrite aujourd'hui la Chambre de commerce.

L'HÔTEL DE ROLLAND

Si cet hôtel (32 rue Aimé-Ramon) n'est pas le plus ancien de Carcassonne, il en est sûrement le plus remarquable à tous égards. Construit à la fin du XVIIIe siècle par M. de Cavailhez, il passa par la suite à la famille de Rolland qui l'habita fastueusement jusqu'aux environs de 1920. Ce qui explique son parfait état de conservation tant à l'extérieur qu'à l'intérieur. Les ferronneries, les cheminées de marbres, les « modelages » de plâtre, les stucs, les dorures des cheminées et des trumeaux : tout est demeuré à peu près intact.

Les façades extérieure et intérieure (sur la cour) sont très meublées. Les macarons qui les décorent ont été exécutés vers 1750 ou 1760 par le sculpteur Dominique Nelli, d'origine florentine (et arrière-grand-père de l'auteur de ce livre) qui est mentionné également comme ayant sculpté une cheminée et une table griote. On connaît aussi le nom du maître ferronnier : il s'appelait Bertrand et semble avoir joui d'une certaine célébrité à Carcassonne puisqu'il fut désigné, avec Parent, pour vérifier, en 1771, le travail de Barata à la place aux Herbes. C'est lui qui exécuta, outre les traverses de serrurerie, les neuf balcons de la façade et le grand balcon de la cour ; très probablement aussi la belle rampe en fer forgé de l'escalier du pavillon de droite conduisant aux appartements de réception. Il paraîtrait que ce Bertrand — artiste habile et plein de goût — aurait donné au peintre Jacques Gamelin ses premières leçons de dessin. Quant au doreur — nous le connaissons aussi par les papiers et devis laissés par M. Cavailhez — il s'appelait Sacombe et était le père du fameux médecin Jean-François Sacombe, né à Carcassonne en 1750 et mort à Paris le 23 avril 1822...

Depuis 1978 l'hôtel de Rolland est devenu l'hôtel de ville de Carcassonne.

Il serait juste de mentionner rapidement, à côté de ces fastueuses résidences bourgeoises ou aristocratiques, un certain nombre de maisons du XVIIe ou XVIIIe siècle — plus modestes et plus légèrement construites — pisé et corondages — que l'on rencontre un peu partout dans la ville basse. Elles se caractérisent surtout par l'avancée des étages sur poutres apparentes et les énormes corbeaux de pierre qui les flanquent aux deux extrémités. C'est une architecture archaïque qui n'a pas beaucoup varié depuis le Moyen-Age. Au rez-de-chaussée, souvent voûté, s'ouvre, sous arcade, l'ancien magasin.

Le mauvais goût du XIXe siècle avait, dans la plupart des cas, cru bon de faire disparaître l'encorbellement sous un énorme ventre de plâtre et de masquer la voûte du magasin. On les rétablit aujourd'hui et les maisons, ainsi restaurées, ne manquent pas de charme.

La maison des Musiciens

C'est celle qui s'élève au n° 40 de la rue du 4-Septembre (ancienne carrière de la Curaterie). Sa façade du XVIIe siècle, récemment restaurée, porte la date de 1653 répétée sur les deux corbeaux corniers. De 1620 à 1780 elle fut habitée par une lignée ininterrompue de musiciens. Jean Molinier, qui en est le propriétaire en 1624 et s'intitule «violon», la transmet à son fils Louis, également musicien. Ce Louis Molinier eut deux frères, Antoine et Étienne, qui devinrent célèbres à Paris. Antoine fut chanteur basse-contre des musiques de Louis XIII, d'Anne

L'HOTEL DE ROLLAND. Bel immeuble du XVIIIème siècle construit par Cavachies, spécimen d'hôtel noble régence (balcons, mascarons, boiseries). Coll. H. Alaux.

d'Autriche et de Louis XIV, collabora avec son frère à la composition de nombreux ballets de cour, écrivit un recueil de mélodies pour luth (dédié à Étienne), et mourut accidentellement à Paris.

Étienne Molinier, né à Carcassonne au début du XVIIe siècle, devint maître de musique de Gaston d'Orléans, puis des États du Languedoc. Il a laissé une œuvre très abondante et très variée comprenant des airs de cour, des airs de table et des compositions religieuses dont les thèmes sont empruntés aux poésies sacrées de Nicolas Pavillon, évêque d'Alet. Parmi ces dernières il faut compter la célèbre *Missa pro defunctis*, dont les États voulurent qu'elle fût jouée à l'enterrement des membres en fonction, morts au cours d'une session, ou des personnages de marque de la province. Par la suite et pendant cent cinquante ans, cette « messe » servit aux obsèques des rois. La *Missa sacri regum francorum*, produite naguère par le R.P. Martin, soulève un monde d'énigmes et nous incite, écrit Roland Manuel, à imiter la prudente réserve que fait l'éminent transcripteur quant à l'attribution de ce centon hétéroclite où l'ancien voisine avec le nouveau et le meilleur avec le pire.

Quoi qu'il en soit, Molinier est sûrement l'un des grands musiciens du siècle de Louis XIII. « Si le graduel de la Messe des rois est bien de lui, il fut un jour, comme le dit Roland Manuel, l'égal de Josquin. Son style lyrique compte parmi les meilleurs de l'époque. On sait qu'il avait adopté la nouvelle technique concertante avec basse chiffrée et double chœur à la française (petit et grand chœur) déjà lancée par Bouzignac. » (D'après H. Prunières.)

Les États de Languedoc siégèrent à Carcassonne de juillet 1651 à janvier 1652. Le président des États était le comte d'Aubijoux, lieutenant général de Languedoc, passionné de théâtre, de musique et de divertissements mondains (il avait été l'un des premiers amants de Ninon de Lenclos).

Craignant de s'ennuyer dans cette petite ville, il avait amené avec lui toute une troupe d'auteurs, de comédiens et de musiciens qui menaient joyeuse vie à l'auberge des « Balances » ou au Lion d'or. Il est probable que Molinier, maître de chapelle des États, connut alors Molière qui joua certainement à Carcassonne l'*Andromède* de Corneille. Entre temps Molinier avait pris

LES BIGOPHONES. Constitué en 1914, ce groupe de musiciens ne jouait, à l'origine, que d'instruments en carton, en forme de cornet.

GROUPE DE PANDORES CARCASSONNAIS. Coll. H. Alaux.

part au cortège officiel qui se déroula lors de l'inauguration de la chapelle du collège des Jésuites.

En 1660, date de la mort de Gaston d'Orléans, Molinier quitta définitivement Paris et se retira dans sa maison paternelle, rue de la Curaterie. Il serait mort vers 1680.

Carcassonne a donné à une de ses rues le nom de Molinier, mais aucune plaque commémorative n'a encore été apposée sur sa maison. Rappelons, à ce propos, que notre ville, assez peu mélomane, a cependant vu naître trois musiciens de qualité : Raimon de Miraval, troubadour du XIIIe siècle, dont il nous reste 22 mélodies, Étienne Molinier (16..-1680) et Paul Lacombe (1837-1927) dont la maison natale existe toujours (2 rue Aimé-Ramon). On souhaiterait que, dans le cadre d'un festival d'été, Carcassonne rendît enfin hommage à ses trois musiciens. L'audition de leurs œuvres serait, pour beaucoup de nos compatriotes et pour les étrangers, une véritable révélation.

36. CARCASSONNE. — Grand Bassin du Canal.

114   CARCASSONNE. — Les Bords du Canal.

LE CANAL DU MIDI - LE PORT. C'est en 1786 que les Etats du Languedoc décidèrent de changer le cours du canal qui passait depuis 1680 bien au nord de Carcassonne. Le projet nécessita la construction de quatre ponts, de plusieurs écluses et le creusement du port en face de la ville. Celui-ci a la forme d'un parallélogramme aux angles arrondis de 111 mètres de longueur, 48 mètres de largeur et 3 mètres de profondeur.

LE CANAL DU MIDI au temps des péniches en bois halées par des chevaux.
Coll. H. Alaux.

CARCASSONNE - Les bords de l'Aude - Le Païchérou   F. G.

LE PAÏCHEROU. A la belle époque et ceci jusqu'à la dernière guerre, nombreux furent les Carcassonnais qui empruntèrent la barque du Païchérou pour aller goûter chaque dimanche la fraîcheur des sous-bois de l'Ile et les charmes des guinguettes des berges de l'Aude. Coll. H. Alaux.

Le mot de la fin

Carcassonne — 47 000 habitants — vit à l'heure actuelle comme toutes les villes de province, entre l'agitation et la torpeur. Le jour, c'est une des villes les plus engorgées de France : camions, autos, motos. On démolit les maisons, non point pour créer des espaces verts, mais pour loger les voitures de ceux à qui on devrait plutôt conseiller d'aller à pied acheter leur journal. Je crains qu'on ne finisse par démolir la Cité pour permettre aux touristes d'en visiter les tours sans avoir à descendre de leurs autos... Les étrangers sont frappés par le vacarme qui règne dans cette ville «touristique» au point que beaucoup d'entre eux, même pour un court séjour, préfèrent s'installer dans les villages voisins... Il y a des jours où le ciel est sillonné de coucous qui ronflent sans arrêt et où les rues sont remplies jusqu'au bord de véhicules qui jouent à qui fera le plus de pétarades. Si elle trouvait le moyen de produire par surcroît des bruits souterrains — dans les caves, par exemple — notre ville pourrait prétendre à l'«oscar» de la pollution sonore!

En revanche, passé vingt heures, les rues sont absolument désertes. Le promeneur solitaire ne peut qu'errer mélancoliquement entre des files d'autos vides en stationnement. C'est l'ennui et la mort...

La municipalité actuelle a certes fait beaucoup en matière d'urbanisme : elle a embelli la ville basse et la Cité; elle a préservé ou restauré de beaux monuments. Mais tout cela serait vain si elle ne réussissait pas à rendre notre ville habitable, à en faire un véritable milieu social harmonieux et humain où il fasse bon vivre, à lui donner enfin un visage assez accueillant pour que les touristes consentent à y passer plus d'un jour. Il est vrai qu'elle s'y emploie. Quelques rues ont été, depuis peu, interdites à la circulation motorisée, et l'on peut y flâner. Nous souhaitons que nos édiles persévèrent dans cette «bonne voie»...

A Carcassonne, ville très provinciale, on respecte infiniment tout ce qui vient de Paris; on y jalouse les bons esprits qui n'ont pas daigné y monter... Pourtant je me demande parfois si ce n'est pas l'une des rares villes de France où il aura été possible à des hommes extrêmement libres de travailler tranquillement sans finir dans le «provincialisme» ou le «parisianisme». Je pense à l'excellent compositeur Paul Lacombe, qui fut membre de l'Institut et n'avait jamais quitté sa ville natale, au poète François-Paul Alibert que l'on voyait, les soirs d'été, se promener avec André Gide sur le boulevard de la Préfecture; à Joë Bousquet qui ne s'est senti nulle part aussi libre qu'à Carcassonne...

Il faut que cette ville ait un charme secret pour que ceux qui auraient pu la quitter ne l'aient point fait. C'est peut-être que nos compatriotes ont toujours un brin d'originalité ou de folie. Cela avait frappé Louis Aragon en 1941 : «Ici, disait-il, les gens ne font jamais arranger les poignées des portes, ni les espagnolettes : elles s'arrangent toutes seules. C'est magnifique! Ici tout le monde est fou, même les objets!» De fait, j'ai connu à Carcassonne de jeunes ouvriers communistes qui apprenaient par cœur des poèmes de Hölderlin et rêvaient de moderniser le cinéma ou le théâtre avec des moyens de fortune : ils mettaient en film, en 1938, la *Tisane de sarment* de Joë Bousquet; d'anciens agents de ville qui passaient le temps de leur retraite à lire, à la bibliothèque municipale, les œuvres de Bakounine... ou de saint Thomas d'Aquin; des bourgeois imaginatifs qui se ruinaient à inventer et à construire d'invraisemblables machines, des trains sans roues, ou des chars amphibies (en 1920)... Quand les Allemands occupèrent Carcassonne, ils ne firent pas fi de ces naïfs inventeurs : l'un d'eux dut même détruire en toute hâte les plans d'un train capable de marcher indifféremment sur rails et sur route, que les hitlériens comptaient utiliser en Russie!

Les femmes, plus qu'ailleurs, s'attendent ici à l'impossible, sont toujours prêtes à entrer dans quelque féerie, dans l'imaginaire ou dans l'Aventure, à tout remettre en question... A côté de ces originaux et beaux esprits, elles représentent la fantaisie sans rivages... du moins les autochtones — car on rencontre ici des filles de toutes les races. Avec leurs yeux noirs plus lumineux que la lumière, elles ressemblent toutes à cette Pauline Fourès, la petite modiste de Carcassonne qui, déguisée en homme, suivit son mari en Égypte, et fit la conquête de Bonaparte. Aujourd'hui elles sont capables de militer pour des causes plus justes et moins personnelles, avec la même ardeur...

A Carcassonne tout le monde attend quelque chose. Avec

Gravure ancienne de Carcassonne (XIXe siècle). Coll. H. Alaux.

patience, avec imagination, avec passion. Mais quoi ? le retour de la prospérité viticole ? une nouvelle révolution économique comparable, par son ampleur, à celle qui, selon M. Le Roy Ladurie, a transformé le Languedoc entre 1750 et 1870 ?... Peut-être, tout simplement, un changement de société. Peut-être l'Apocalypse ! Mais à condition que ce soit le plus tard possible !

Comment finir cette petite histoire anecdotique de Carcassonne sans évoquer la prophétie de Nostradamus « relative au temps de l'Antéchrist » (*Centurie* 1, 5), dont « plaise à Dieu destourner l'accomplissement » :

CHASSÉZ SERONT POUR FAIRE LONG COMBAT
PAR LE PAYS SERONT PLUS FORT GREVÉS
BOURG ET CITÉ AURONT PLUS GRAND DÉBAT
CARCAS, NARBONNE, AURONT CŒURS ÉPROUVÉZ ?

Table des matières

Introduction 9

I. La Cité
    Dame Carcas 19
    Les lices 23
    A l'intérieur de la Cité : le château
    comtal - l'église Saint-Nazaire 37
    Tombeaux gothiques 48
    Les vitraux 53
    Les orgues 60
    A l'ombre des murailles 60

II. La ville basse
    Les bastions 69
    En remontant la rue Mage 71
    Églises et couvents 89
    Le XVIIIe siècle
        La place aux Herbes 95
        Les Halles 101
        La préfecture 102
        La porte des Jacobins 105
        Le quartier de cavalerie 105
    D'une rue à l'autre. Vieilles maisons
    et souvenirs imaginaires 108
    Le mot de la fin 121

Photocomposition : « Le vent se lève... »
Maquette : J.-L. Gille

Achevé d'imprimer le 18 juillet 1980
sur les presses des Imprimeries Maury - 12102 Millau
Dépôt légal : 3e trimestre 1980 – N° d'imprimeur : 5862

Imprimé en France